ハヤカワ文庫SF
〈SF2343〉

宇宙英雄ローダン・シリーズ〈652〉

被告人ブル

ペーター・グリーゼ&アルント・エルマー
林 啓子訳

早川書房
8735

PERRY RHODAN
DER RETTER VON TOPELAZ
DAS GERICHT DER ELFAHDER
by
Peter Griese
Arndt Ellmer

Translated by
Keiko Hayashi
First published 2021 in Japan by
HAYAKAWA PUBLISHING, INC.
This book is published in Japan by
arrangement with
PABEL-MOEWIG VERLAG KG
through JAPAN UNI AGENCY, INC., TOKYO.

目次

被告人ブル

トパラズの救世主

ペーター・グリーゼ

登場人物

ペリー・ローダン……………………ネットウォーカー。もと深淵の騎士
エイレーネ…………………………ローダンの娘
イホ・トロト………………………ハルト人
シア・キュー
　　＝キョン（シアコン）………ラオ＝シン
ウフェラド…………………………ソム人。惑星トペラズの法典守護者
パルパタル…………………………アザミガエル
ヴァイブルン………………………エルファード人

1

ファイル・ナンバー一

いまはまだ、多くを語るつもりはない。どうすれば、わが最大の問題を解決できるのか、まだわからないから。それは、容量いっぱいになったらおまえを……〝オーダータップ〟を……どうにかしてトペラズからこっそり出さなければならないこと。だが、その方法がまだ見つからない。

ウフェラドは、おまえが盗まれたことに気づいていない。それゆえ、おまえはいま、わたしのものだ。かれは、この手のものをいくつか所有している。オーダータップのひとつが欠けたところで、気づきもしないだろう。

おまえに心の内を打ち明けよう。正直に認めれば、わたしがこうするのは、いつの日かおまえを惑星フベイのわが同胞のもとに送りだすという、だいそれた望みをいだくがゆえだけではない。もうひとつ理由がある。わたしは話し相手がほしいのだ。オーダータップよ、これが一方的な会話になるのはしかたない。もちろん、おまえがただの記憶装置にすぎず、答えることができないのは知っているから。それでもおまえは、むだ口をたたいてひたすらわたしをいらだたせるパルパタルよりもましな話し相手だ。

時系列に沿って話すつもりはない。思いつくまま、記録していこう。それに、おまえと話す時間がつねにあるわけではない。気が乗らないときもある。それから、わたしが囚《とら》われの身であることを忘れてくれるな。たしかに、まれな自由をいくつか享受しているものの、それはきっと、わたしが模範囚だからという理由だけではない。オーダータップ、いっておくが、ほかのだれかが一枚嚙んでいる。いや！　ウフェラドではない。かれは、かたくなにおのれの任務に専念するだけだから。通常は監獄の外にいて、虜囚のことを知らない者にちがいない。あるいは、虜囚を客とみなしているだれかだ。

当初わたしは、ウフェラドがわたしと会うのをなんとなくいやがるのは、発音しにくいわが名のせいとばかり思っていた。だがいまは、それが理由ではないと知っている。正確に観察し、わかったのだ。そこに、疑いの余地はもはやない。

わたしを援助する者がだれだか、きっとわたしは知っている。とはいえ、その名は知らない。さらにひどいことに、オーダータップよ、その者に名前があるかどうかさえ、わからない。それでもこの件について、のちほど記録にのこすつもりだ。

ともかく、わたしにはおまえがいる。盗まれた、と、おまえはいうかもしれないが、どうでもいいこと。ここでは盗みはいたるところで起こりうる。自由を盗まれる者も、思考を盗まれる者もいる。おまえがわが思考を洩らすことはないだろう。つねに最初に探知されるファイル・ナンバー一は、正しいパスワードが入力されない場合、ただちに全ファイル・データを消去するようプログラミングされている。オーダータップ、このパスワードを知るのは、おまえとわたしだけだ。ウフェラドは一度それを耳にしたことがあるが、ずいぶん昔のこと。忘れたにちがいない。ソム人には、発音の細かい違いがわからないから。おまえも知るとおり、パスワードは〝シア・キュー＝キョン〟だ。

　オーダータップよ、これが正式なわが名であることを知っておくがいい。ここでは

〝シアコン〟と呼ばれている。ま、おまえにとっては似たような響きだろう。だが、それはどうでもいいこと。明確な手がかりがなければ、このパスワードはだれにも見つからない。おまえは権限のない者のアクセスから守られる。わたしがおまえに伝えたこと、これから伝えることは、だれにも知られる懸念はない。惑星フベイでは、わが名は知られている。オーダータップ、おまえを監獄から送りだし、しかるべき場所にとどけることに成功すれば、同胞はおまえのデータを読むことができるだろう。

　だがそれまでに、まだトペラズにはたくさんの雨が降るにちがいない。そして、わたしは大量のデータをおまえに記録するのだ。

さて、オーダータップよ、ひとまず終わりにしたい。いま、やるべきことがあるから。あらたな虜囚がやってくる兆候は明確だ。かれらについて調べなければ。あとで、話して聞かせよう。おまえはマシンだから、辛抱強く待てるな。さらに、その記憶装置容量は、わが思考のすべてを記録するのに充分だ。

ファイル・ナンバー一、記録完了。

＊

空気が湿っぽい。壁は結露し、ひんやりする。非常に不快だ。厚い鋼製扉のがちゃりと閉まった音が、ペリー・ローダンの耳のなかで鳴りやまない。扉の向こう側で、輝くエネルギー・フィールドが構築されたことも、テラナーには正確にわかる。施錠後、目の大きさののぞき穴が一瞬、淡赤色に輝いたから。

「すくなくとも、はなればなれにならずにすんだわ、ペリー」エイレーネが元気づけるようにいった。

ローダンは無言でうなずいた。考えこんでいるように見える。とはいえ、ふたたび監禁されたことや、装備のいっさいを奪われたことが原因ではなさそうだ。

ローダンは、監房の壁をくまなく目で探った。ひろさ四メートル四方、頭の高さをわずかにうわまわる位置にちいさな窓がひとつ。エネルギー封鎖された扉は、突破できそうもない。プラスティック製テーブルひとつに、木製の椅子ふたつ。湿った壁に折りたたみ式ベッドふたつ。それだけだ。照明器具さえ見あたらない。

外はまだ明るく、格子《こうし》窓ごしに散光がさしこんでくる。特定の角度から、外のようすを垣間《かいま》見《み》ることができた。高い樹冠の上に、はてしない雲がひろがる。

「ここは好きじゃないわ」娘がきっぱりと告げた。

「わたしもだ、エイレーネ」ローダンが苦笑いする。「それでも、どうしようもない。前にもっと悪い状況におちいったことがあると、いって聞かせたところで、ほとんどなんのなぐさめにもならないだろうが」

「わたしたち、過ちをおかしたのね、ペリー」

「ソム＝ウサドに漂着した件なら、きみのせいではない。あれは不運としかいいようがなかった。われわれが過ちをおかしたのは、惑星パイリアにおいてだ。考えれば考えるほど、明確になる。ソム人はここイハン門で、すでにわれわれを待ち伏せしていたわけだ」

「あれには、わたしも驚いたわ」エイレーネは考えこみ、グリーンがかった褐色の目でローダンを見つめた。「ほとんど裏切りのように思えるもの。ハジャシ・アマニのメンバーが背後にいると思う？」

「いや、まったく逆だ」ネットウォーカーは、かぶりを振った。「ゴルグド自身も危険な状況にある。きみが解放されたあと、ドクレドはほとんど苦もなくシュプールを見つけだすものと、すでにパイリアで気づくべきだった。われわれ、安全だと思いこんでしまったのだ。法典守護者は、きみが可及的すみやかにパイリアから姿を消すと踏んでいたにちがいない。とはいえ、この惑星からはなれるには、道はひとつしかない。紋章の門、つまりテラナー門を通る道だ」

「そうか」エイレーネが応じた。「かれはただ、門を見張るよう指示しただけね」

「そこで指示すべきことは、きっと多くなかったにちがいない。ただ、わたしがナックを見くびっていたことは認めよう。これまで入手した情報によれば、あの奇妙な種族は一種のプシオン・フィールドにより、高周波のハイパーシグナルを認識できる。あらゆる複雑な構造を透視できるのだ。それにより、たいして苦労せずにきみの脳放射を特定しただろう。とりわけ、きみは長いあいだドクレドに拘束されていたから、パイリアからの脱出を知るには充分だった」

「いまのはもっともらしく聞こえる、ペリー。それでも、ひとつ疑問がのこるわ。なぜドクレドは、わたしがテラナー門にいるとナックが確信したとき、ふたたび捕らえさせなかったのかしら？　すぐにでも、あなたをおびきよせることができたでしょうに」

ローダンは木製の椅子をひとつ引きよせると、腰かけた。

「それについても、非常にありえそうな説明があるのだよ、エイレーネ。法典守護者はおろかではない。みずから指に火傷《やけど》を負うつもりはないだろう。われわれがどのような存在か、うすうす感づいたにちがいない。いまここで、その言葉を発するつもりはまったくないが。つまり、われわれが危険な存在だという前提でいるはず。熱い鉄はどうすべきか？　他人に押しつければいい」

「つまり、ドクレドはナックから警告を受けたさい、惑星トペラズにわたしたちの到着を知らせることで納得したというの？」

「そうだと思う。ドクレドはきみを惑星ソムに押しつける気だったのに、わたしがあらわれた。そこで、一挙両得作戦に出たわけだ。いまや、トペラズの責任者たちがジョーカーを引いたということ」

「ジョーカー二枚ね」エイレーネが訂正する。「ドクレドの人生をだいなしにしてやれたらいいのに」

「それには、さほど興味がないな」

「そう？　だったら、なにに興味があるの？」

「われわれの最大の目標はいまもなお、この監禁状態を脱することにある。惑星サバルにもどらなければ。仲間に警告できたなら、すでに半分目標を達成したも同然だ。とはいえ、きっとそうかんたんにはいかないだろう」

「それが最低目標というわけね？」エイレーネは、威勢よく訊いた。

「ゴルグドとハジャシ・アマニのことが気がかりだ。きっと、コンテナの送り主はパイリアで拘留され、取り調べを受けたにちがいない。このシュプールを逆にたどることは、法典守護者にとり、たいしてむずかしくはないはず。その結果、だれにたどりつくか、わかるな……ゴルグドだ。とはいえ、わたしは行動の自由を奪われている。バルトドだけがたよりだ。願わくは、バルトドがゴルグドと組織のメンバーに警告するのが手遅れにならなければいいのだが」

「見通し暗そうね」若き女ネットウォーカーがあっさりと認めた。「わたしたちになにができるかしら?」

「いまのところ、なにもない。目を見開いて、状況を徹底的に調べよう。脱出の可能性がまったくなければ、ほかの方法を考えだすまでだ」

＊

ファイル・ナンバー二

あらたに虜囚がふたりやってきた。きわめて奇妙な姿をしている。ひとりは若い女で、もうひとりは年配の男だ。ウフェラドは、ふたりの名をわたしに告げなかった。どうやら、神経過敏になっているようだ。ふたりが気にいらないのだろう。とはいえ、オーダータップよ、わたしにはまったく無害に思えるのだが。

ふたりの体形は、ソム人よりもわたしに近い。ワンピース型コンビネーションを着用しているが、いささか膨《ふく》らんだ個所がいくつかある。ひょっとしたら、技術装置をそこにかくし持っているのかもしれない。きっともう、武器は保持していないだろう。ソム人とパイリア人に奪われたにちがいない。

わたしにあてがわれた衣服は、いまだ真っ白だが、ふたりのコンビネーションの色は、はっきりしない。銀色にもグリーンにも見える。

ウフェラドはきっと、まもなくふたりを尋問するにちがいない。そのやり方なら知っている、オーダータップ。オファラーの一団を呼びよせ、奇妙なプシオン性の歌であらゆる犠牲者を意のままに操るのだ。新入りふたりがくずおれ、みずからすべてを吐露するようすが、すでに目の前に浮かぶ。

どういうわけか、このふたりには説明のつかない共感をおぼえる。もちろん、いまだに名を知らない援助者のナックにいだくほど大きな共感ではないが。とにかく、そのナックはここにはめったにこない。ほかの同胞と同じく、イハン門で作業にあたっているから。われわれが会うこともめったにないし、それがいつも同じナックなのかさえ、わたしにはわからない。かれらはあまりに似ているため、見わけるのは困難だ。

これは昔からの悩みなのだ、オーダータップ。異生物の場合、どの個体も同じように見えてしまう。あの新入りの虜囚ふたりには、あてはまらないが。

パイリア人の看守コラブとそのロボット十七が、バリア・フィールドのあいだの壁の回廊に姿をあらわした。毎日の巡回時間が迫っているというたしかな徴候だ。かれらは、新入りふたりを監房から連れだすだろうか、オーダータップ？　わたしにはわからない。おまえも知らない。そもそも、おまえはわたしに答えることもできない。

小型記憶装置よ、わたしが何度ここから姿を消そうと考えたか、わかるか？　そうだ、そのとおり。はじめは毎日だった。その後、脱出をあきらめた。二度ほど外に出たことはあるものの、いつもみずからもどってきたのだ。

トペラズは、わたし向きの惑星ではない。ここでは、ほとんど雨がやむことはないから。雨は好きではない。服が濡れるし、髪はべとつき、ごわごわになる。不快きわまりない。オーダータップよ、おまえはその手の心配がなくてよかったな。

一度、ウフェラドにグライダーで連れだされたことがある。コラブは休暇中だった。あるいは、病気だったのかもしれない。いつもなら、コラブがソム人の機体を操縦するから。その日、わたしはトペラズのなかをたくさん見てまわった。ウフェラドの機嫌のいい日で、いろいろな情報を教えてくれたもの。だが、認めなければならない、オーダータップ。役にたつはずのその情報を、わたしは有効活用できなかった。

いまいましくも、この監獄でさらに無期限の時間をすごすことになるだろう。ウフェラドは、わたしを解放する危険を冒すわけにはいかない。七恒星帝国のどこかに、かれよりもさらに上位で、したがわざるをえない存在がいるから。だが、それについて、ウフェラドはなにもいわない。いずれにせよ、わたしは身動きがとれないのだ。

きょうのウフェラドは、さほど口数が多くない。新入りふたりのことが気がかりなのだろう。あのふたりは、例の謎めいたネットウォーカーなのかもしれない。ときおり噂されるかれらは、きわめて危険な存在として知られている。だがオーダータップよ、すでに話したとおり、あのふたりは無害に思える。背の高い男の目は、かたくなななにかを発しているが。

そうだ、オーダータップ、惑星トペラズについて話しておこう。聞けば、おまえもきっと、わたしにとり脱出が無意味だとわかるにちがいない。

ここはかなりの低重力だ。歩けば、ほとんど浮かびあがるくらいに。慣れれば、それも不快ではないが。わたしはもう慣れた。いつか、フベイに到達したら……もっとも、それはありえそうもないが……はじめはきっと苦労するだろう。あそこの重力はずっと大きいから。

トペラズについて語るべきことは、さほど多くない。思うに、ここには、一千万ないし一千五百万のパイリア人が暮らしている。このような大惑星にしてはたいして多くない。わたしが入手したわずかな情報によれば、全員が移民で、パイリアから送られ、イハン門をくぐってやってきたという。八百年前のことだ。ウフェラドが、いっしょに遠出したさい、そういっていた。

移民には発言権がない。たとえ、かれらに独自の政府があるとしても。実際の支配者は、ソム人だ。ジャルコルとかイルコルとかいう名前の、いわゆる戦士がいるらしい。なにせ、その名はたった一度しか聞いたことがないから、完全にたしかな記憶ではないが。いずれにせよ、その者が七恒星帝国全体のほんものの支配者のようだ。

恒星といえば、オーダータップ、わたしはここでまだ恒星を見たことがない。惑星は、けっして切れることのない厚い雲の層につねにおおわれている。わたしは囚われの身となった当初、これにも慣れなければならなかった。

そして、惑星トペラズ自体は？　島また島、上空からはそう見えた。惑星のいたるところそうだと、ウフェラドはいう。もちろん、島のあいだには多くの橋がかかっている。つまり、ここにあるのは海また海だといってもいい。おそらく、どう見るかの問題だろう。とにかく、陸地よりも多くの水面がひろがっているという印象だ。

陸地のほぼすべては森でおおわれている。おそらく、はじめの移民は、居住地を確保するのにそうとうな労力を強いられたことだろう。

惑星の夜は暗く、ほとんどの生物がなにも認識できないほど。この惑星が脱出には向かないとわかるはず、オーダータップ。おそらく、それゆえに監獄が設置されたのだろう。ここから出る道はただひとつ、紋章の門を通じてつづく道だ。だが、門はソム人と、その無口な助手ナックが制御している。

シアコンにとり、見通しは暗い……おまえはそういうだろう、オーダータップ。そのとおりだ。それでも、わたしはあきらめない。

ここで、ひとまず終わりにしなければ。コラブが、ロボットを連れ、中庭に向かったのだ。そこでは、虜囚が一日に一度、二時間の散歩つまり気晴らしを許されている。わたしも、これにくわわらなければならない。たとえ、ほかの虜囚とわたしには大きな違いがあるとしても。

ただ、悪い意味で目立ってはならない。それがわたしのモットーだ。

自動装置が監房の扉を開ける。同時に、エネルギー柵が補強された。向かい側の低い建物から、新入りふたりもまた出てくる。ふたりからなにか聞きだせるか、やってみよう。

ファイル・ナンバー二、記録完了。

2

ここに移送されたさい、ペリー・ローダンには、監獄の配置を確認し、全体像を把握するチャンスがほとんどなかった。それをいま、埋めあわせることができそうだ。監房のドアを開けたのちに中庭に出るようふたりに命じた声は、ソタルク語を話していた。道に迷うことはない。ただひとつの通路しか存在しないから。

それは、階段をのぼり、惑星の地上につづく通路だ。分岐した脇通路はすべて、頑丈なドアか、エネルギー障壁によって通行不可能になっていた。

中庭は、翼棟全体の半分を占める。そばには、輝くエネルギー柵が見えた。柵は、頑強な外壁を守り、およそ四十×八十メートルの長方形を形成する。この空間は中央の建物によって分割され、建物もまた中庭に対し、エネルギー・バリアによって守られていた。この三階建ての建物の奥にあるものは、見えない。それでも、やや内側にかたむいた外側エネルギー障壁は、その奥に見える樹冠よりも高いため、複合体全体のサイズが比較的容易に推測できる。

中庭のこり三方向は、窓のない低層建物に接している。文字どおりの監獄だ。この中央翼棟に、ローダンと娘は収容されていた。監房の小窓から外が望めるが、ここ中庭から窓は見えない。監房自体が地下にあるのに対し、窓は地面よりわずかに上にあるためにちがいない。

虜囚は武装したパイリア人一名によって一列にならばされ、ゆっくりと円を形成していった。パイリア人は、胸と背中に〝十七〟と書かれたロボットを連れている。

ローダンは壁を調べた。未知の硬いプラスティック素材でできている。壁の上には掩《えん》蔽《ぺい》壁があり、その隙間からさらなるパイリア人とロボットの姿が見えた。その奥と手前には、エネルギー柵が輝く。

さらなる虜囚が、建物から出てきた。ローダンにとり既知の生物はいないようだ。最後に、横の建物からロボットが出てくる。監獄の一収容者を腕に抱きかかえていた。

「なんてへんてこなボールなの？」エイレーネが驚き、無邪気に叫んだ。

ローダンは、ロボットが腕にかかえた生物を不思議そうにじっと見つめた。どうやら、眠っているようだ。からだをまるめているため、輪郭がよく見えない。

いずれにせよ、棘《とげ》のあるカボチャほどの大きさのグリーンの球体だ。ロボットの腕の隙間から、無数のちいさな足が見える。

ロボットは奇妙な虜囚をかかえながら、円を描いて行進する者たちの列にくわわった。

ほかの虜囚はまったく気にとめない。どうやら、これがはじめてというわけではなさそうだ。

そこに、最後の虜囚があらわれた。その姿を見て、ネットウォーカーは眉間《みけん》にしわをよせた。この種族については、ごく表面的にしか知らないものの、ここにカルタン人がいるはずがないと思って。

いずれにせよ、あれはカルタン人だろうとローダンは推測した。このネコの末裔《まつえい》は男だ。とりわけ、絹のような口髭《ひげ》がそれをしめしていた。額から頸筋深くにかけて銀色の細い毛筋が伸び、その先はハイネックの真っ白なコンビネーションの下に消えている。

異人は音もたてずに砂礫《されき》地を歩いた。これにより、しなやかな足どりがわかる。かれは、ローダンとエイレーネのうしろで列の最後尾についた。

ローダンはこの種族について、あまり知らない。考えこみながら、一瞬、異人を振りかえってみた。カルタン人とおぼしき男の右胸には、渦状銀河をかたどったマークが見あたらない。

NGZ四二九年十二月、ローダンは親しい友たちと《渡り鳥》タイプのヴィールス船で旅立ったもの。当時、コスモクラートの呪いによって、故郷銀河への帰還は考えられなかった。

NGZ四三〇年から四三二年なかばにかけて、銀河系と力の集合体〝それ〟からの情報はほとんど入ってこなくなったものの、ごく重要な出来ごとについては知ることができた。とりわけ、ときおり遭遇するヴィーロ宙航士たちのおかげで。あるいは、かれらの通信を傍受し、しかるべき情報を入手した。

これらの情報源がつきて、かれこれ十三年以上になる。どうやら、その時点で活動していたソト＝ティグ・イアンは、銀河系において喧伝《けんでん》されたエスタルトゥの〝奇蹟〟を実現することに成功したようだ。それ以来、ヴィーロ宙航士はヴィールス船で銀河系をはなれることができなくなった。凪《なぎ》ゾーンが生じたため、船のエネルプシ・エンジンが妨げられるから。凪ゾーンとは、プシオン・ネットのルートが存在しないという意味だ。

それ以前は、ネットウォーカーたちは単独でさえ故郷銀河に向かっていたもの。もちろん、コスモクラートの禁令を受けていない者のみが可能だったが。

それでも、情報がまだ入手できていた三年間、ローダンは、すくなくともおおまかに銀河系の状況を把握できた。マゼラン星雲、アンドロメダ、ろ座、三角座銀河とも呼ばれるM－33といったほかの局部銀河群は、通行可能だったから。それらはネットウォーカーの領域ではないものの、いまもなお情報が入手できる。

カルタン人が、M－33、つまり三角座銀河出身なのは周知の事実だ。すくなくとも〝それ〟の力の集合体である局部銀河群のほかの一銀河や、それどころか、遠くはなれた銀河の出身だという可能性はない。

ローダンはこれまで、カルタン人とほかの宙域で遭遇したという話を聞いたことがなかった。いま、そのひとりがNGC4503のシオム・ソム銀河、つまり力の集合体エスタルトゥの宙域をうろついているのだ。これには考えさせられた。なにか重要なことがこの事実の背後にかくれている。あるいは、この異人はカルタン人ではないのかもしれない。

この疑問を解明しなければ。すでにこのとき、ローダンはそう決意していた。

半時間後、パイリア人看守の指示により、退屈な円形行進は終わりを告げた。ロボットが、さまざまなテーブルと作業台をのせた反重力プラットフォームを中央翼棟から引っ張りだす。ここではだれもが、自分のすべきことを知っているようだ。

ネットウォーカーふたりは、手持ちぶさたで立ちつくすばかりだったが、パイリア人が気にとめるようすはない。虜囚数名は地面にしゃがみこみ、トカゲ種族の三名は退屈しのぎにダイスゲームをはじめた。のこりはプラットフォームに向かうと、そこでテーブルにつき、手作業にとりかかる。粘土と木材が用意されていた。おまけに、かんたんな道具もある。

ローダンは、カルタン人とおぼしきネコ型生物に直接、話しかけようとはしなかった。そのすらりとした、背の高いからだを観察する。身長百九十三センチメートルといったところか。手と顔は、典型的なビロードのような褐色だ。グリーンゴールドに光る垂直に細長い瞳孔《どうこう》は、カルタン人の特徴をしめしている。

ネコ型生物は、典型的カルタン人にしては長すぎるかもしれない、レッドゴールドに輝く口髭を指先でひねった。ひとりで数メートルはなれたところに立っていたが、突然、腹を決めたかのごとく、ローダンとその娘にまっすぐ近づいてきて、

「この宿舎は気にいったかな?」

ごく軽い訛《なま》りのあるソタルク語だ。

ローダンは、相手のはかりしれないほど深い目を見つめ、

「まあまあだ、カルタンの友よ」相手には聞こえるが、看守の耳にはとどかないくらいに声を落として答えた。「わたしも娘も、いささかましな宿舎に慣れているのでね」

「思うに」相手は、探りながら慎重に返してくる。「われわれ、すべてを選ぶことはできない」

ローダンは同意をしめし、うなずいた。

「きみの名は?」カルタン人とおぼしき相手が訊いた。「わたしのことは、シアコンと呼んでくれ。ややこしいわが本名の省略形だ。ところでなぜ、わたしを〝カルタンの友〟と呼ぶのか?」

「きみはカルタン人だろう? わたしはペリーだ。そして、こちらはエイレーネ」

「カルタンに、カルタン人?」ネコ型生物は、かぶりを振った。その頸筋の毛が軽く逆

立つ。「そんな言葉はこれまで聞いたことがない。どういう意味だろう？」

「わたしはM‐33のカルタン人を数名知っている。わたしがきみの出自を特定したのが不快ならば、もちろん黙っていようとも」

ネコ型生物は、かすかな笑い声をあげた。

「不快ではないさ。わたしにはどうでもいいこと。カルタン人ではないから。それに、これまでに一度もその……なんと、いったかな？」

「カルタン人よ」エイレーネが口をはさんだ。

「つまり、ペリーとエイレーネ、わたしはカルタン人についてこれまでなにも聞いたことがないし、M‐33がなにを意味するのかも知らないのだ」

「奇妙だな」ローダンが、眉間にしわをよせた。「ならば、グウネンという名の恒星についてもなにも知らないのか？」

「ああ、知らない。きっと、きみたちはなにか思い違いをしているのだな。だが、それがどうした。きみたちがいまいるのは、ここだ。まず、ここの勝手を知らなければ。工作がしたいか？　あるいは粘土細工か？　選択肢は多くないが、手を貸そう。わたしは古株として優遇されているから。ほかにも理由があって……だが、それはどうでもいいこと。で、その恒星はどのような姿なのだ？」

ローダンは、この話には乗らなかった。シアコンはなにかかくしている。なぜか、漠然とそんな気がしてならない。もっとも、完全に確信があるわけではないが。

「きみがカルタン人でないならば、どこからやってきたのか？」と、訊いてみる。

「アブサンタ＝ゴム銀河辺縁の一惑星だ」その声はいたって協力的で、いつわるようすはない。「惑星はフベイと呼ばれる。そこに住むのがわが種族、ラオ＝シンだ。さ、工作か、粘土細工か？　それとも、のらくらとそこに突っ立っているつもりか？」

シアコンは顔をゆがめた。おそらく、元気づけようと笑みを浮かべたのだろう。

「率直にいおう」テラナーが告白した。「わたしは、それらの手作業に興味はない。望みはただひとつだけ」

「で、それは？」

「脱走だ！」

ラオ＝シンあるいはカルタン人の……ローダンはいまだに、この男がどちらなのかわからない……シアコンは、ちいさく笑いながらいった。

「トペラズを知っているのか？　いや。顔を見ればわかる。島と海ばかりだ。あとは、移住したパイリア人の居留地が点在する。だが、ソム人は惑星を大々的に監視している。そう遠くには行けないだろう」

「それでも、脱走したいのだ」テラナーが告げた。「それも、可及的すみやかに」

シアコンは、しばらくなにもいわなかった。やがて、ローダンに向かって身をかがめ、

「逃亡が失敗した場合……つまり、捕まって連れもどされた場合だが……その責任をわたしに負わせないなら、ひょっとしたら、どうにかできるかもしれない」

「なんだって？」

「ただ、いささか辛抱してもらわなければ。わたしに可能なことはかぎられている。それに、準備が必要だ」

「見返りになにをもとめるつもりだ？　この話は、なにかうさんくさい気がするが」

「そんなことはない、ペリー。わたしは純粋な共感から手を貸すだけだ。ひょっとしたら、ここから逃げだすのが実際に可能か、知りたいのかもしれない。つまり、まだだれも逃亡に成功していないのだ。わたしは、なんの見返りももとめるつもりはない。それはべつとして、きみはわたしの役にたちそうなものをなにも持っていないではないか」

「きみ自身は逃げるつもりはないのか？」ローダンは驚いていった。

「ないさ、ペリー。わたしは生きることに疲れていないからな」

＊

ファイル・ナンバー三
聞いたか、オーダータップ？　あのふたりは、ネットウォーカーではないらしい。またもや、がっかりだ。頭がおかしくなりそうだよ！　ここでは、なにも起こらない！

まったくなにも。

ふたりは監房に姿を消した。ペリーとエイレーネのことだ。

さて、どうすべきか？　わたしはおまえに話しかけているが、オーダータップ、それがなんになる？　わからない。ただ、考えを声に出すことで判断の助けになると思われるだけだ。

異人ふたりがここにきて、すでに二日になる。ウフェラドは、まだかれらを尋問していない。とはいえ、側近のオファラーはとうに管理棟にいるにちがいない。これには明白なヒントがある。つまり、左の翼棟がさらなるエネルギー障壁で守られているから。オファラーがここにいるとき、ウフェラドはつねにそうするのだ。ただ今回は、より慎重なだけ。わたしの推測は、これにより強まった。かれは、あの二本脚生物ふたりを信用していない。あるいは、恐れてさえいる。

一度、管理棟に忍びこんださい、ある虜囚が尋問されていた。オファルの合唱団がいいなりにさせるべきその相手は、パルパタルだった。グリーンの球体で、きわめて興味深い存在だ。あらゆる点において異質な生物だから。

だが、まずはオファラーについて話そう、オーダータップ。かれらは少数種族だ。生《き》粋《すい》のカルタン人でさえ、びっくりするだろう。わたしは、いまなんといった？　カルタン人だと！　わたしは、おまえにとってはカルタン人だ、オーダータップ。だが、異人にとってはラオ＝シンだ。それを忘れるな！　これは嘘でさえない。実際、わたしはラオ＝シンなのだから。

理解できないか？　ならば、笑わずにはいられない。それでも説明はしない。いずれにせよ、いまはまだ。それはあまりに危険というもの。だれが聞いているか、わからないから。

そう、オファルの合唱団について話そうとしていたのだった。かれらがシオム・ソム銀河出身だというのは、ウフェラドから聞いて知っている。ちなみに、ウフェラドはナックについてはなにもいわなかったが、わたしの個人的見解では、きっとこの銀河出身ではないにちがいない。オファラーは、わたしよりもずっと背が低い。樽形の胴体に、ずんぐりした脚と触手状の関節のない六対の腕。腕の先端からは、奇妙な繊維状の触手が伸び、それを非常に巧みに使う。赤くかたい皮膚の胴体の上につづくチューブのような頸は、ぐっと前にくりだすことが可能だ。その上に、球根のような房のたくさんついた卵形頭部が鎮座する。おそらく、感覚器官だろう。それぞれの機能はわからない。ただ、唇のない口だけは、はっきりとわかる。

もっとも、かれらの楽器はこの口ではない。つまり、口で〝歌う〟わけではないということ。歌は、胴体に属する、チューブ状の頸の付け根の、腕の太さほどの膨らみにある薄膜から生じる。この器官で音楽を奏で、言葉を発し、さらに歌うのだ。複数で合唱すれば、その歌声は不可聴域に達し、催眠あるいは暗示のような効果をもたらす。

これにより、尋問に呼ばれた虜囚は情緒不安定となり、みずから進んで話しはじめるのだ。

だがパルパタルの場合、これはうまくいかなかった。それゆえ、いまもなお監獄に閉じこめられている。ウフェラドは、このグリーン生物がどのような秘密をかくし持っているのか、知らない。わたしもまた、その腹の内が読めない。いつだったか、夜に、かれの監房を訪れたことがある。そこで話をした。おそらく、わたしがこれまでかわしたなかで、もっとも奇妙な会話だっただろう。

「わたしは眠るあいだのみ、考えることができる」かれはそう説明したもの。こちらの質問はことごとく、かわされた。質問をまったく理解できないのかと思ったほど。考えてもみろ、オーダータップ。あのグリーン球体は、眠るときのみ、思考可能だというのだ！　不可解ではないか？　目がさめているときは、眠っているあいだに考えたことをただくりかえすだけで、自力では思考できないという。

その状況では、われわれの会話は、わたしとおまえ同様に一方的なものだ。相手が話し、わたしはひたすら耳をかたむける。いま、わたしが話し、おまえがすべてを記録するのと同様に。わたしには、かれがパルパタルという名で、ここから消えさりたいと考えていることしか理解できなかった。かれはきっと、いまもそう考えているにちがいないが、わたしは力になれない。意思疎通の問題は克服しがたいものだから。

オファルの合唱団の歌は、パルパタルを尋問するには役にたたないにちがいない。その脳は眠りにつくあいだのみ、活動するのだから。まったく論理的ではないか、オーダータップ？　それでも、ウフェラドがこれを理解するまで、多くの時間がかかった。あの年老いたソム人は、つねにごく短絡的な判断をくだす。被害者にとっては生涯、監獄暮らしになるということ。パルパタルは、永遠にここで苦しむのだ。

ふたりの新入り、ペリーとエイレーネはどうなるのか？　まもなく、わかるだろう。まさにいま、コラブとロボット十七が中庭に急いで向かうのを目撃したから。つまり、ウフェラドがとうとう尋問する決心をしたということ。さいわいにも、わが監房がふたたび施錠されることはなかった。わたしは屋根裏で聞き耳をたてるとしよう。興味津々《きようみしんしん》なのだ。ふたりがなにを話すのか、知りたくてたまらない。ソム人は、こんどはなにをするつもりだろうか。

あとでまた話そう、オーダータップ。

ファイル・ナンバー三、記録完了。

3

尋問室が監房と異なるのは、重要な一点においてのみだった。つまり、この部屋の後壁は、第二の中庭を臨む大きな窓からなる。そこから外を見たペリー・ローダンは、監獄ののこり半分が実際、すでに知る監獄の鏡像だとわかった。もっとも、そこにほかの虜囚が収容されているかどうかは、定かではない。

尋問室は、はっきりと見えるエネルギー障壁によってふたつの部屋に等分されていた。窓側には、ひろいデスク一台と椅子一脚がある。そこに、ソム人ウフェラドがやや背中をまるめてすわっていた。デスクの上には、いくつかの書類が置かれているが、内容はわからない。そのわきに、たくさんのセンサー・スイッチと発光ダイオードがならぶ小型装置がある。

ローダンとエイレーネは、エネルギー障壁のこちら側の唯一の家具であるベンチに腰をおろした。側壁にはそれぞれ、ロボット一体がひかえている。さらにドアの前には、ネットウォーカーふたりを監房から連れだした二体が立っていた。

ローダンは、ソム人種族についてよく知っている。この鳥類の末裔は、シオム・ソム銀河において特別なポジションを占める惑星ソム出身だ。ソムには、有名な〝王の門〟が存在する。テラナーがNGC4567とNGC4568と呼ぶ双子銀河アブサンタ＝ゴムとアブサンタ＝シャド間の転送による往来を可能にする、唯一の紋章の門だ。

ソム人が鳥に似た飛行生物の末裔であるのは、一目瞭然である。もっとも、もう飛べないが。身長一・五ないし二メートル。ほとんど華奢《きやしや》なからだつきだが、いまでは腕の機能をはたすかつての翼は、もう肉体を運ぶことはできない。からだのつくりで目を引くのは、前方に張りだした胸部だ。通常、そこに第三の道をしめす〝エスタルトゥ〟のシンボルが見られる。ウフェラドの場合も例外ではない。

ソム人は、虜囚ふたりをきょろきょろと見つめた。そして立ちあがると、デスクの向こうで誇らしげに胸を張って歩きまわる。やがて、三本指の手でネットウォーカーふたりを突然さししめし、

「きみたちのことは、すべて知っているぞ」と、いった。さえずるような明るい声は、完璧なソタルク語だ。「ほとんどすべてだ。わたしがまだ知らないことは、これから聞かせてもらおう」

ローダンは黙ったまま、退屈そうな表情を浮かべる。

「かれはいま、なにかいった？」娘が訊いた。

「さあな」ローダンが答える。「ところで、わたしは空腹だ。きょうの昼食は、とうてい食べられたものではなかった。どう思う、エイレーネ？　ここで、われわれの不満をこの男にぶつけてみようか？」

ウフェラドは、急に立ちどまった。その目は、怒りに燃えている。

「すぐに、生意気な口などたたけなくなるぞ。目の前にいるのがだれだか、どうやら知らないようだな」

「そのとおりだ」ローダンが平然と応じた。「とはいえ、知りたくもない。われわれをここに拘束すれば、どのような過ちをおかすことになるか、いまにわかる。エスタルトゥがきみを罰するだろう」

「きみたちには、その名を思い浮かべる権利さえない」ソム人が怒りをあらわに告げた。

「わが名はウフェラド。トペラズの法典守護者で、永遠の戦士の責任ある代理人だ」

「責任といえば、あなたはそれをかならずしも、ちゃんと引き受けていないように見えるわ」エイレーネがからかうような笑みを浮かべ、完全に父親に同調してみせた。「さもなければ、とっくにわたしたちを解放しているでしょうから」

「はったりはきかないぞ。わたしにはとっておきの情報がある。きみたちは、惑星パイリアで違法な地下組織ハジャシ・アマニに手を貸した。裏切り者だ！」

「まったく逆だ」ローダンがさらに脅すように告げた。「われわれは、その不法集団ハジャシ・アマニを永遠に葬りさるため、特殊任務を受けて侵入したのだ。ところが、きみの仲間とパイリア人は、われわれになにをした？　重要任務の遂行を妨げたのだぞ」

「そのうえ、わたしたちを監禁したのよ」エイレーネが巧みにあと押しする。「さらに、任務続行のためにようやく脱出したところをふたたび、ここイハン門で収監したのだわ。永遠の戦士がこれを聞いたら、さぞかし怒るでしょうね。でも、それはわたしたちの問題ではないわ、ウフェラド。すべて、あなたの問題よ」

ソム人は、おちつかなくなったようだ。その目を見ればわかる。ふたたび、デスクの奥に腰をおろし、さりげなく小型装置のボタンを押した。ネットウォーカーふたりはこれを見逃さなかったが、まったく気づかないふりをする。

ローダンは娘に意味ありげな視線を送った。妙な音が聞こえたのだ。

「わたしも聞こえたわ」エイレーネがインターコスモで応じる。ウフェラドは、異言語を耳にしてぎくりとしたようだが、なにもいわない。

プシオン性の歌声が、たちまち大きくなった。歌は、ネットウォーカーふたりをつつみこみ、知っている秘密をすべて洩らすよう働きかけてくる。法典守護者は、ふたりの反応を待ちかまえているようだ。

「オファルの合唱団だ」ローダンが同じくインターコスモで娘に告げた。「そのパラ性の歌声は、われわれを饒舌《じょうぜつ》にする。気づいたと悟られないよう、暗示にかかったふりをしよう」

樽形のオファラーは、ゲーム惑星マルダカアン出身だ。ローダンはネットウォーカーとしてすごすうちに、この種族について充分な情報を得ていた。その言語は歌声のようで、ヒュプノ暗示的効果をもたらす。それでも、オファルの合唱団の歌声は、メンタル安定人間の自分とエイレーネにはまったく影響をおよぼさないことも知っている。

「たったいまから、ソタルク語だけを話すように！」法典守護者がどなりつけた。「わかったか？」

「もちろんだ、法典守護者ウフェラド」ローダンはただちに応じた。

ところが、エイレーネは、とかくティーンエイジャーというものがそうであるように、いたずら好きだ。あまり的確とはいえない返答をこらえることができない。

「まだ耳は遠くないからね」そう漏らしたのだ。

ソム人は、いささかいらだったような目をした。ローダンが娘をとがめるように一瞥《いちべつ》するが、エイレーネはこれを無視する。

「本題にうつろう」ウフェラドは、胸をさらに張ってみせた。「惑星パイリアにおけるきみたちの行動について、すべてのデータがわたしの手もとにある。もちろん、弁解など聞くつもりはない」

「それは残念なまちがいよ」エイレーネが口をはさんだ。「そんなことしたら、あなたの命とりになるでしょう」

「黙れ！」少女の反抗的態度は、ソム人の思惑にまったくそぐわないようだ。「きみたちは、質問されたときだけ答えるのだ。いまは、わたしが話している！」

ローダンは、ふたたび口を開こうとした娘の手を押さえた。

「きみたちの行動から導きだせる結論は、ただひとつ」ウフェラドがつづけた。「きみたちは、永遠の戦士の敵対者と協定を結んでいる。つまり、きみたち自身がネットウォーカーか、あるいはかれらと結託しているわけだ！」

突然、核心をつかれた。

ペリーは驚いてエイレーネを見つめたが、なにもいわない。娘も黙ったまま、かぶりを振るだけだ。

「なにかいえ！」法典守護者がどなりつけた。

「思うに」エイレーネがなにくわぬ顔で応じた。「わたしたち、口を開いていいのは、質問されたときだけじゃなかったかしら」

「ああ、そのとおりだ」ローダンが賛同し、困惑をしめす顔をしてみせた。もっとも、ソム人がこの表情を理解できたかどうかは、わからないが。

このとき、オファラーのメンタル性の歌声がさらに強まった。

「では、率直にたずねる」ウフェラドが金切り声をあげる。「きみたちは、ネットウォーカーなのか？　イエスか、ノーか？」

「〝ナットウォール〟がなんなのか、わたしにはまったくわからない」エイレーネが口角をさげながらいった。「それ、食べられるものなの？　もうお腹がすいて死にそうだわ」

「われわれ、ネットウォーカーではない」ローダンが平然と告げた。「その組織については聞いたことがあるかもしれない。そういえば、イジャルコルがわれわれにハジャシ・アマニを潰滅するよう命じたさい、その名を口にしていた。惑星パイイリアにおける作戦行動がめざましい成功をおさめたあかつきには、ネットウォーカーに対し、われわれをさしむけると」

「永遠の戦士と直接、話したのか？」法典守護者があわてたようすで訊いた。ローダンの言葉に驚いたのだろう。

「厳密にいえば、そうではない」ローダンは、撹乱《かくらん》作戦を続行するために慎重に応じた。「永遠の戦士はわれわれに話をする以上のことをした。もっとも、ドクレドやきみのような重鎮がわれわれの任務について知らされていないとは、聞かなかった。ひょっとしたら、きみたちなら知らせるまでもなく理解できると、あてにしたのかもしれない。いまや、われわれの任務は失敗に終わってしまったが」

ウフェラドは黙ったままだ。なにを考えているのかは、わからない。それでも、ローダンの言葉に感じるものがあったように見える。オファラーの影響下にある虜囚は真実だけを話すと思いこんでいるから、なおさらだ。

「わたしは、きみたちが理解できない！」興奮したようすで言葉を吐きだした。「きみたちに関する報告書は、まったく違うように書かれている。もっとも、報告書を違うように解釈することもできると認めよう」

「どうしてなのか、教えてあげてもいいわよ」エイレーネが、いたずらっぽく笑った。「隣室の太鼓腹合唱団のくだらない歌声が、あなたを混乱させているの。わかるでしょ、ウフェラド。朝のオファラーの苦しみの種なのよ」

「なにをいっているのだ？」ソム人は興奮のあまり、ほとんどデスクに跳び乗らんばかりだ。

ローダンは娘をたしなめようとしたが、エイレーネは、若者の悪のりに完全にはまっている。

「合唱団は気の毒ね、ウフェラド。歌っても歌っても、かわいそうなソム人ひとりを混乱させるだけ。あなたのことよ！」

法典守護者は、ふたたびセンサー・スイッチを押しこんだ。ネットウォーカーふたりとソム人を隔てるエネルギー障壁の色が、ごくわずかに変化する。ウフェラドがなにかいっているが、くちばしの動きによってそうとわかるだけ。もうなにも聞こえない。エネルギー障壁が、音声信号を通さなくなったのだ。

「いまのは、あまり賢いふるまいではなかったな」ローダンが娘に向かっていった。「法典守護者をからかって、徹底的に笑いものにしたのだから。見てみろ、怒り狂っているではないか」

ロボットが、側壁と出入口から近づいてくると、虜囚ふたりをとりかこんだ。

「正体をあらわしたな」ふたたび法典守護者の声が聞こえた。「これで、きみたちもおしまいだ。ふたりとも最短路で惑星ソムに送ろう。はん！　永遠の戦士がきみたちを遣わしただと！　いいすぎたな。イジャルコルに会わせてやろうではないか。戦士はきみたちを確保したわたしに感謝するだろう。ふたりを監房に連れていけ！」

ローダンは、中庭を通って監房のある中央翼棟に連れもどされたとき、たいしていい気分ではなかった。エイレーネは無言のまま、歩いている。自分がなにをしでかしたのか、いまや彼女もよくわかったようだ。父親は娘を責めないことにした。そうしたところで、もはやなんの助けにもならないから。

ウフェラドが告げたとおりになれば……実際、疑いの余地はないが……ふたりは直接、イジャルコルの手中におちいる。ネットウォーカーにとり、永遠の戦士もまた恐れるべき者であり、すくなくともしかるべき慎重さで対処すべき相手だ。その手から逃れるのは、ウフェラドのこの監獄から脱走するよりもむずかしいだろう。

かれは、カルタン人とおぼしきシアコンについて考えずにはいられなかった。第三者の助けがなければ、脱走はほとんど不可能だから。あのネコ型生物は、ただ自分たちをからかっただけなのか？

いずれにせよ、それはどうでもいい。ウフェラドがふたりの送り出しを命じる前に、脱走に成功しなければ、ローダンとエイレーネを不吉な時が待ち受けるのだ。

ともかくまず、ここから脱出しなくては。それには、ほかのネットウォーカーの協力も必要だ。イハン門をくぐるのは、ふたりには不可能というもの。島と海を通って脱出するのが唯一の方法と考えられる。

監房にもどると、エイレーネはすっかりしょげていた。ローダンは娘をそっとしておく。このような場合、それが最良の助けとなると知っていたから。

＊

ファイル・ナンバー四

夜が訪れた、オーダータップ。興味深い一日が終わった。ウフェラドはペリーとエイレーネを尋問したものの、わたしがウムバリ級《プーカ》で飛行していたときと同様の結果となる。つまり、なにも聞きだせなかったのだ。すくなくとも直接には。とはいえ、かれらは危険だと理解したようだ。さらに、ふたりがネットウォーカーだという可能性は、ふたたび高まった。

おまえは、わたしの本当の名前を知っているな、オーダータップ。おまえのパスワードでもあるその名の一部が〝キョン〟だということも。だが、これがカルタン人種族の七グレート・ファミリーのひとつであることを、おまえは知らない。

ペリーには、とまどわせられたもの。逃げるつもりはないのか、と、訊かれたのだ。生きることに疲れていない、という答えに、ネットウォーカーはほとんど納得しなかったようだ。願わくは、わたしが嘘をついたことに気づかなければいいのだが。

わたしがここから脱出しない場合は、オーダータップ、集めた情報すべてをおまえがフベイにとどけなければならない。わたしはとにかく、どうにかしておまえをこっそり運びだすつもりだ。そうすれば、データがオープンになり、配達者はどこにおまえを運ぶべきか、くりかえし聞くことができるだろう。だが、それまでまだ時間がある。

おまえもまた、わたしがそもそもここでなにをするつもりなのか、きっと疑問に思っているだろう。おまえが話すことができないのが、残念だ。とはいえ、それは悪くない。想像力で、おまえの質問を補えるから。

先ほど告げたとおり、わたしは七グレート・ファミリーの出身だ。グレート・ファミリーは、ペリーが三角座と呼ぶ例の銀河における運命を左右する。そうだ、オーダータップよ、わたしは《プーカ》でフベイに向かっていたのだ。われらがラオ＝シンのもとに。わたしはフベイをまだ見たことがない。見る必要もない。ここで役目をはたし、達成可能なことすべてを経験できれば、それで充分だ。

わたしはまだ多くを達成していない。惑星トペラズは、非常に重要な出来ごとが起きる宙域から、いささか遠くはなれているから。それでもいま、チャンスが訪れた。〝匿名者〟の協力があれば、わたしはペリーとエイレーネの脱走に手を貸すことができる。きっと、たいした騒ぎになるだろう。その騒ぎにわたしが関与できれば……それを疑いはしないが……さらなるファイルをあらたな知識で埋めることができるにちがいない。

本日、すでに明らかとなったことがひとつある。ウフェラドは、異人ふたりの尋問に失敗したさい、非常に饒舌だった。だから、かれの永遠の戦士がイジャルコルという名だとわかったのだ。これまでわたしが思っていたような、ジャルコルとかなんとかではなく。それは、とるにたらないピースのひとつにすぎないと、きっとおまえはいうだろう。それでも、実際のところはけっしてわからない。

おまえのことが必要でなくなるのなら、もちろん、そのほうがいい。気を悪くする必要はないぞ、オーダータップ。わたしはただ、ウムバリ級船が迎えにきて、故郷惑星に連れていかれればいいと思っただけ。そうなれば、わたしは〝グレート・マザー〟たちに直接すべてを報告できるだろう。

とはいえ、その時はもう長いこと訪れていない。

監獄内はしずまりかえっていた。匿名者はふたたび、わたしの監房に鍵がかからないようにしてくれたらしい。小型ランプも用意されている。

ペリーとエイレーネの監房に向かう前に、発信するメッセージをふたたび確認した。匿名者がこれを受けとるのが手遅れでなければいいのだが。そう願うしかない。たいてい、この方法はうまくいく。わたしがウフェラドを知るかぎり、ネットウォーカーとおぼしきふたりを連れていくため特命部隊が到着するのは明朝だ。それまでに、すべてをかたづけなければならない。さもなければ、このチャンスがむだになる。

あす、コラブが出動不可能なのは、すでにたしかだ。かれはひどい胃痛に苦しんでいて、回復するまで四、五日はかかるだろう。これで、ウフェラドには特殊グライダーのパイロットがいなくなる！　わたしにたよらざるをえないということ。

おまえは、この監房に置いていくことにする、オーダータップ。ウフェラドの通信システムがある本館一階に忍びこむさい、足手まといになるだろうから。

放射フィールドは自動的に作動して、開口部に置かれたメッセージ・カプセルを一定間隔で呼びだす。そのどれが紋章の門とつながるものか、わたしにはわかっている。門ではナックが従事している。正確にはわからないものの、かれらのうちの一名あるいは数名が、わたしがある種の信頼をいだき、共感をおぼえる匿名者なのだ。相手はカプセルを受けとり、わたしの意図するところを知るだろう。これまで匿名者は、こちらのいかなる要請も拒んだことはない。

今回の要求は、またもやいささか特殊なものだ。それでもみじんの疑いもなく、匿名者には実現可能にちがいない。場所は、正確に見取り図に記してある。ウフェラドはすでに監獄をはなれた。あるいは、もう眠っているかもしれない。いずれにせよ、ソム人が夜間にこのあたりをうろつくことはない。そして、自動監視システムはすべてを記録する……わたしだけをのぞいて。なぜそうなのか、わたしにさえ、正確にはわからない。匿名者がそのように細工したのだろう。われわれが言葉をかわすこともなく、はじめて出会ったあとに。わたしには、そう思えてならない。

おそらく、匿名者がそうしたのは、わたしが相手に対していだく感情と似たような、なにかを感じたせいだろう。

わたしはいつの日か、匿名者が音声視覚マスクを装着しているさいに遭遇することを望んでいる。そうなれば、いくつかのことが明らかになるにちがいない。音声視覚マスクをつけてわが独房を訪れてほしい。これまで、何度そうたのんでも聞き入れてくれたことは一度もなかった。これは、匿名者が叶《かな》えてくれない唯一の望みだ。

この望みを拒否するには、それなりの理由があるのだろう。思うに、法典守護者の注意を引きたくないのではないか。実際、ナックは紋章の門以外の場所にはなんの用もないから。まして、音声視覚マスクをつける必要も。

きっと、そういうことだろう、オーダータップ。さて、行くとしよう。時間がない。
ファイル・ナンバー四、記録完了。

4

暗闇につつまれ、すでに二時間経過したが、ペリー・ローダンはいまだ眠れずにいた。細胞活性装置のおかげで最低限の睡眠しか必要としないものの、眠れない理由はほかにある。脱走計画さえ当面、見あわせなければ。

ローダンは、エイレーネのことを考えていた。

娘は、いま十六歳。二カ月前、サバルで誕生日を祝った。エイレーネが生まれたのも、あの惑星だった。そして、そこで育ったのだ。

幼年時代は、まさに円満で幸せそのものだった。それでもローダンは、エイレーネがなにか内に秘めている気がしてならなかったもの。

たしかに、彼女はすでに完全にふつうのテラナーに成長した。実際にテラを目にしたことは一度もないが。母親との関係も、父親との関係同様、信頼によって築かれていた。

エイレーネは、みずからの出自を知っている。ペリーとゲシールが、それについてなにもかくそうとしなかったから。いたずらに秘密にしたところで、コンプレックスをもたらすだけと、両親は知っていたのだ。それでもローダンは、このことが少女を苦しめているような気がしてならなかった。ときおり、エイレーネは心ここにあらずで、深刻な問題に苦しんでいるように見える。だが、どのようなはげましの言葉をかけても、娘が直接、悩みを口にすることはなかった。そのようなとき、彼女はサバルの荒野に出かけていき、孤独をもとめたもの。

そこで心をおちつけ、平静をとりもどすことができるから。だが、ここトペラズの監獄ではそれは不可能だ。

娘は黙りこんだまま夕食をとると、横になって休んだ。ローダンは、それでも彼女をほうっておいた。驚いたことに、エイレーネはたちまち寝入った。とはいえ、その眠りは非常におちつかないもので、理解不能な言葉をささやき、寝台の上でひっきりなしに寝返りを打っている。

きっと、自分を責めているにちがいない。ウフェラドから尋問されたさい、まずい態度をとり、状況をむしろ悪化させてしまったから。見通しは暗い。ときおり爆発する彼女の気分のごとく。

ローダンはといえば、娘の生意気さに対して腹をたてるより、むしろよろこばしく感じた。いずれにせよ、自分が話して聞かせたつくり話をソム人が信用するとは期待していなかったから。どっちみち、事態はこうなっただろう。ふたりにとり、尋問がそもそも有利な結果をもたらすことはなかったにちがいない。

エイレーネの性格は、明らかに母譲りだ。ローダンは妻をごくふつうの人間とみなしているが、実際あらゆる点においてふつうといえるのか？　あのすばらしい女性に対する愛情をまったく抜きに正直にいえば、この疑問を完全には否定できない。妻には、コスモクラートの遺伝物質のようなものが宿っている。そのうちのどれほどがエイレーネに受け継がれたのか、という疑問はやむをえないものだ。

ひょっとしたら、この疑問に対する明白な答えを得ることはけっしてないだろう。それでも、妻ゲシールと娘に対する愛情をローダンから奪うことはできない。

ローダンは、もっともな理由からコスモクラートとの関係を断ち切った。それにより、あらゆる関連において、かれらとなんの関わりも持つ必要はなくなったと、みずからにいいきかせた。カルフェシュは〝和解の試み〟のさい、これを痛感したようだ。

監房の前の物音に驚き、ローダンは物思いから引きもどされた。エイレーネは、これに反応しない。ただ反対側に寝返りを打つと、さらに眠りつづける。

のぞき穴の向こうで、封鎖フィールドが、ほとんど気づかないほどわずかに輝いた。監房内の輪郭がちょうどわかるくらいのほのかな輝きが消える。ちょこちょこ歩く足音が大きくなった。

ローダンは毛布を引きあげ、頭を横に向けた。眠っているように見えながらも、気づかれずに出入口を見張れるように。

ドアが大きく横にスライドしたが、だれの姿も見えない。すると、うっすらとした影がなかに入ってきた。その輪郭は、完全な暗闇ではわからない。エイレーネに近づいていくしずかな足音だけが聞こえる。

「起きるのだ」ローダンのまったく知らない声がささやいた。「こちらへ！　起きてくれ！　あなたと話さなければ」

エイレーネは、動かない。

「きみはだれだ？」ローダンがたずね、からだを起こした。「なにをしに、ここにきた？」

「よかった」その声は、まるで口いっぱいに水をふくみながらどうにか話そうとするかのようだ。「起きたのだな、ペリー。すばらしい。あなたたちに話があってここにきた。わたしはパルパタルだ」

「パルパタル？」ローダンがくりかえした。「グリーンの球体か？」

「そのとおりだ」

「なぜ、わが名を知っている、パルパタル？」

「なぜ、わが名を知っているだって？　もちろん、中庭での円形行進のさいだ。そこでわたしはあなたとエイレーネの名を知った。論理的ではないか？」

「ロボットがきみを抱きかかえて歩きまわっていたとき、きみは眠っているように見えたが。シアコンが、きみは眠っているあいだだけ思考できるといっていた」

「そのとおりだとも。あなたたちには、きわめて奇妙に思えるだろう。それはわかっているが、気にしないでくれ。わたしは睡眠時に思考するが、寝ながらすべてを聞くこともできる。それを正確にあなたに説明することはできない。というのも、他者の睡眠と覚醒のサイクルはわたしには謎だから。とはいえ、意識を集中させれば、覚醒時も思考し、話すことが可能だ。ただ、わたしはこれをだれにも明かさない」

「わたしに話したではないか」

「あなたには、伝えなければならなかった。助けが必要だから。ウフェラドとほかの虜囚にとって、睡眠中のわたしは耳が聞こえず、話もできない。そして、覚醒時のわたしは、おしゃべりなおろか者にすぎない。これが、尋問とオファラーの歌声からわが身を守る仮面というわけだ。これは、非常にうまく機能している。実際、わたしは壁を通して、ほぼすべてを聞くことができるのだ。もっとも、それを知る者もいない」

「でも、わたしに打ち明けた」ローダンが確認するようにふたたびいった。「わたしになにを期待している？」

「たいしたことではない。あなたとエイレーネは、今晩、解放されるだろう。そのさい、わたしをいっしょに連れていってもらいたいのだ。ここから出たい。ごく理解できる話ではないか」

「ある意味ではな」ローダンは慎重に、球形生命体に探りを入れてみる。「だが、きみの話は謎めいている。だれがわれわれを解放するのだ？　きみは何者だ？　どこに行くつもりか？　どうやって、きみを信用しろというのか？」

「一度に多くの質問だな」グリーンの球形生命体がべちゃべちゃ声でいった。「時間は切迫している。シアコンがすぐにでもここにあらわれて、あなたたちを解放するだろう。それで得る自由が疑わしいものだということはわかっているが、監獄よりはましだ」

「話をつづけてくれ！」ローダンが迫った。物音が聞こえ、エイレーネがベッドから起きあがったとわかる。会話の声で目をさましたようだ。

「ロナルド・テケナーという名の男を知っているか？　その妻ジェニファー・ティロンは？」パルパタルが、べちゃべちゃした声で訊いた。

「知っているとも」ローダンが簡潔に答えた。「ふたりについて、きみはなにを知っている？」

「なにも」返答があった。「わたしは直接ふたりに会ったことはないから。だが、しばらくのあいだ、わが息子がふたりといっしょに暮らしていたようだ。遺憾にもいささかできそこないの息子は、正確にいえば、ロンガスクとチェルブという血気盛んなシャバレ人ペアのもとで暮らしている。息子はそこでプルンプと名づけられ、アザミガエルと呼ばれている。ロンガスクは、かなり前にテケナーに遭遇したようだ」

「その話は知っている」ローダンがうなずいた。

「プルンプ、ロンガスク、チェルブから、わたしはあなたの名を聞いた。だが、エイレーネの名前は話に出たことがない」

「出るはずはなかった。エイレーネが生まれたのは、ずっとあとのことだから。テケナーとその同行者は、いまどこにいるのか？」

「まったくわからない。わたしがプルンプに会ったのは、ロンガスクがテケナーと別れたあとだから。かれらの遠い知り合いだという事実のほかには、わが計画がいつわりないものだという証拠はなにもない。だがひょっとしたら、腹を割って話せば、それでわかるかもしれないな。わたしはかなり長いこと、ソム人に囚われている。かれらはわたしをスパイだと疑っているのだ。オファラーの歌声に反応しないから。だが、わたしはスパイではない」

「あなたは、どの種族出身なの、パルパタル？」エイレーネがたずね、これにより会話にくわわる意志をしめした。

「どの種族でもない」唖然としたような返答がある。「わたしは、おそらく単独生物だから」

「それはないわ」少女が反論する。

「よくわからない」球形生命体は、とほうにくれたようだ。「それでも、逃亡のさい、足手まといにはならないだろう。まったく逆だ。わたしはトペラズについてくわしい。あなたたちの助けになるにちがいない。たとえ眠っていても、遠くまで耳がきくし」

突然、パルパタルが床に立つその場所で、かさこそ音がした。すると、球形生命体のからだの表面にちいさな冷光がともる。

「わたしを見てくれ」グリーン生物が告げた。「無害に見えないか？」

「無害に見えるわ、アザミガエル」エイレーネが認め、突然、完全に会話のイニシアティヴをつかんだ。「実際、ぴったりな名前ね。あなたを信用する。いっしょに連れていくわ」

「わたしは、それほど軽率になるわけにはいかない」父親が反論する。「ウフェラドとオファラーは、われわれを尋問してもなにも得るものがなかった。いま、ソム人はべつの手できたわけだ。睡眠中だけ思考できるという、このおしゃべりな球体を送りこんで。申しわけないが、パルパタル、ここから脱走するさい、きみを連れていくことはできない。きみのウフェラドにそう報告するがいい」

「ペリー！」エイレーネの声には、はっきりした非難がこめられていた。

「わたしには、それなりの理由があるのだ、娘よ」ローダンは頑として譲らない。「ここではだれも信用できない。これほど無害に見えるアザミガエルさえも。かれの打ち明け話は、わたしには唐突すぎる」

エイレーネはなにもいわない。

「パルパタルは、ここにあっさり入りこんできた」ローダンがつづけた。「虜囚だというが、自由に動ける身ではないか。エネルギー性封鎖フィールドのスイッチを切り、監房のドアを開けることができるのだ。娘よ、これは矛盾とはいえないか」

「わたしは、監房のドアを開けてはいない」パルパタルが、べちゃべちゃ声でいう。「開けたのは、シアコンだ。あるいは、その匿名協力者かもしれない」

「匿名協力者だと？」ローダンが驚きの声をあげた。「ますます不可解に聞こえるな」

「わたしにも、だれのことをいっているのかわからない」グリーンの球体が、おちつきなく動きまわる。「シアコンはいつも、小型記憶装置に向かって話しかけている。そうして、考えをまとめているのだろう。だれにも話は聞かれていないと、本人は思っているようだが、わたしは耳をかたむけている。シアコンには匿名者と呼ぶ協力者がいるようだ。ウフェラドに手を貸すため、ときおりトペラズの紋章の門管理者がこの監獄を訪れるのだが、その一名ではないかと思われる」

「ナックのだれかということか？」ローダンが訊いた。

「そうかもしれない」パルパタルが、喉を鳴らすような声で肯定する。「正確にはわからないが。シアコンの話す内容の多くが、わたしには理解できないのだ。しばしば、声がちいさすぎるし、わたしにはなんの意味もなさないことがらについて話すし」

「その者がかつて〝カルタン人〟という言葉を使ったことはあるか？」ローダンが訊いた。

「あるとも」アザミガエルがすばやく応じた。「もっとも、あなたと話したあとがはじめてだが」

「なるほど」ローダンは受け流した。この情報はさらに役だちそうもなかったから。

「もうひとつ、たのみがある」パルパタルがふたたび口を開いた。「わたしを信じられないのは理解できる。わたしもまた、尋問に抵抗できたと聞いてはじめて、あなたを信用した。あなたたちが敵であるはずがないとはっきりわかったからだ。その後、シアコンが、あなたたちの逃亡を助けるつもりだと知った。すでに匿名者を通じ、すべての手はずをととのえたようだ。わたしは眠りにつき、そのさい、集中的に考えてみた結果、心中を打ち明ける決心がついたわけだ。拒まれるのは想定内のこと。睡眠時に考えたとおりだ。そろそろ、わたしはここを出ていき、あなたたちをそっとしておくことにする。それでも、ウフェラドやシアコンやほかのだれかに対するわたしのふるまいが、たいていの場合、ただの見せかけだということはどうか明かさないでほしい。さもなければ、わたしはおしまいだ。あの年老いたソム人は、臆病者ではない。永遠の戦士の意に沿って行動するかぎり、ウフェラドにとり、命はたいして重要でないということ」

エイレーネが父親に先んじて、応じた。

「残念だわ、パルパタル。約束するわね。あなたのことを忘れない。ひょっとしたら、あとであなたをこの監獄から出してあげられるかもしれないわ」

「感謝する」グリーンの球形生命体が喉を鳴らした。その冷光がいささか暗くなる。光は短時間しか、もたないようだ。

パルパタルは、ほとんど見えないちいさな足で出入口に向かってひょこひょこ歩いていく。そこで、ふたたび立ちどまると、

「いい知らせがあるぞ」と、おさえた声をあげた。「シアコンが別棟を出たのが聞こえた。ここに近づいてくる。あなたたちを解放するだろう。成功を祈る」

パルパタルは、球状のからだ全体をおおう棘をふたたび立てると、姿を消した。監房のドアは半分開いたままだ。

「好きなようにさせてあげればよかったのに」エイレーネがいった。「わたしたちを助けてくれたかもしれないわ」

「ひょっとしたらな」ローダンは認めた。「いっておくことがある、エイレーネ。わたしがすべての決定をひとりでくだすつもりなど毛頭ない。それでも、きみが決定をくだそうとするなら、それもまちがいだ。経験を誇るわけではないし、きみのあふれる若さも理解できなくはないが、それがつねに役だつともいえないのだから、ひかえてはもら

えないか」

「わかったわ、ペリー」娘は、父親の頰に軽くキスした。「ごめんなさい。でも、悪気《わるぎ》はなかったの」

光が外で燃えあがった。しずかな足音がたちまち近づいてくる。監房のドアが完全に開き、そこにシアコンが立っていた。

「ほら、きたじゃない」エイレーネがいった。「パルパタルは嘘をつかなかったわ！」

*

「早く、友よ」カルタン人とおぼしき相手がささやくように告げた。「きみたちの脱走ルートは見つけてある。これで監獄から出られるが、外に出たらどうやって困難を切りぬけるかは、みずから考えなければならない」

ローダンは躊躇《ちゅうちょ》した。いまも罠のにおいがする。それでも、エイレーネは父親の腕をつかむと、出入口に引っ張っていった。

「案内して」娘がシアコンに告げる。

ネコの末裔は、腕で通廊をさししめすと、なにもいわずに踵《きびす》を返し、進みはじめた。ローダンとエイレーネがそのあとにつづく。通廊を照らす携行ランプの光は充分に明るい。

シアコンが見つけた脱走ルートは、通常は封鎖されている側廊で、建物の外側につながる。短い階段をのぼり、外に出ると、そこには奇形した植物の藪があちこちに見えた。その奥に、こちら側がエネルギー柵で守られた壁がそびえたつ。ローダンが見あげると、壁の向こう側に第二の障壁が見えた。こちら側の障壁よりも高い。

シアコンは、巧みに藪を押しのけて進んでいく。数回だけ振りかえり、ふたりがついてきているかどうかを確認した。こうして、三名は監獄のある翼棟のはしに到達する。

シアコンは立ちどまると、

「すべてがうまくいくといいのだが」と、ささやいた。「まだ、ここで待たなければならない」

エネルギー障壁は、ほとんど見えないほどかすかに光る。ところが、突然、壁に構造亀裂が出現した。

「ここを通りぬける」シアコンがせかすようにいう。「そうしたら、ふたたび左方向にもどるのだ。急げ！」

ローダンは、背後でがさがさ音がしたような気がしたが、振りかえると、あたりはしずまりかえっていた。エイレーネがわきをすりぬけ、ネコの末裔につづく。シアコンはすでに構造亀裂を通りぬけていた。しんがりをローダンがつとめる。

シアコンは、壁とエネルギー・フィールドのあいだで、いまきた方向にネットウォー

カーふたりを先導していく。壁のちいさな張り出しの陰で立ちどまると、

「これから先は、いっしょには行けない」と、告げて、プラスティック壁をさしめす。

「まもなく、ここに亀裂が生じる。通りぬけ、ふたたび右へ進むのだ。およそ二十歩で角に到達する。そこでふたたび、外側エネルギー・フィールドに構造亀裂が生じるまで待たなければならない。そこを通過するのに、八十秒ほど時間がある。すると、亀裂はふたたび閉じる。監視ロボット、あるいはほかのだれかに遭遇しても、かまうな。ひたすら前に進め。まるでなにも気づかなかったかのごとく、ふるまうのだ。わかったか？」

「わかった」ローダンが答えた。「だが、ひとつ説明してもらいたい、シアコン」

「説明はいま、重要ではない」ネコの末裔が拒否した。「時間がないのだ。また会えるといいな。達者で！」

シアコンは携行ランプのスイッチを切ると、まったく音をたてずに暗闇のどこかに消えた。

ローダンの背後のエネルギー障壁の光がちょうどとどき、監獄の壁が見える。しばらく、静けさが支配した。

「そこから、なにか音が聞こえるわ」エイレーネがささやいた。

「おそらく、小動物だろう」ローダンが答えた。「しずかにしていなさい」

数分が経過し、きしむような音をたてながら、壁に亀裂が生じた。その向こうには、外側封鎖フィールドのエネルギー障壁がほのかに光る。ローダンはエイレーネの手をとり、前に進みでた。ここの地面は、内部と似たような感じだ。エネルギー障壁とプラスティック壁のあいだを、ふたりは前に進んだ。低木がざわざわと音をたてる。ローダンはふたたび、だれかにつけられているような気がした。ところが足をとめると、周囲はしずまりかえっている。

ふたりは、障壁のはしに到達した。

「ここにちがいないわ」エイレーネがごく小声でいった。

「そうだ、あなたたちは正しいルートにいる」藪のあいだから、不明瞭な声がする。

「わたしはシアコンの見取り図を見た。ここにもまた、構造亀裂が生じるだろう」

「パルパタルか」ローダンがきっぱりといった。「こっそりわれわれのあとをつけてきたのだな」

その独特の声で、アザミガエルだとわかったのだ。

「まだおぼえているだろう、シアコンがいったことを」パルパタルが、がらがら声をあげる。「なにかが近くに出現しても、かまってはならない。つまり、わたしにもだ」

「ただちに引きかえすのだ！」ローダンが命じた。

「そうはしない。プルンプから聞いている。あなたたちテラナーは、けっして生物を死に追いやったりはしないと。壁の構造亀裂はふたたび閉じる。もどる道はないのだ。もうわたしを外に行かせるしかない」

ローダンには、いま聞いた話を確認する時間も方法もない。棘だらけの球形生命体にまんまとはめられた気がした。

「そうさせてあげましょうよ」エイレーネがたのんだ。

「どうやら、ほかに選択肢がなさそうだな」ローダンは認めた。「いっしょにきてかまわない。それでも警告しておこう、パルパタル！　われわれをだましてみろ、きみはわたしが徹底的にやっつける最初の相手になるぞ」

アザミガエルは、なにもいわない。この瞬間、構造亀裂が生じるのが見えたから。

ローダンとエイレーネが用心しながら一歩を踏みだす前に、球形生命体がふたりのわきをすりぬけた。ネットウォーカーふたりは、すばやくあとにつづく。すぐ背後で構造亀裂がふたたび閉じた。

目はとうに暗闇に慣れている。エネルギー障壁のほのかな輝きは、周囲の状況をある程度、把握するのに充分だ。障壁の向こう側、およそ二十メートル先には深い森がひろがる。そのどこかにパルパタルは消えた。

ローダンとエイレーネはともに、空き地を横切った。

「こちらへ」アザミガエルの押し殺した声が聞こえた。ふたりの左側で、その冷光が一瞬きらめく。

ローダンはもう一度振りかえって見た。一瞬、自分の目を疑う。構造亀裂がふたたび閉じたその場所に、シルエットがひとつ浮かんでいる。たいして大きくない。輪郭がぼやけ、腕も脚も見わけがつかない。胴体は軽く揺れていた。上端には、短い触角が見える。

「あれは、なんだ？」ローダンは、エイレーネの腕をつかんだ。

娘が父の視線の先を目で追うと、シルエットはどういうわけかわきに移動し、暗闇に消えた。

「ひょっとして、ナックだろうか？」ローダンが考えこむようにいった。「このわずかな光では、よく見えなかった」

「早くこちらにきてくれ」パルパタルは、不明瞭な声をわずかに荒らげた。「それとも、また監獄に逆もどりしたいのか？」

ローダンは、エイレーネを木々のあいだに引っ張りこんだ。数歩先では、アザミガエルのからだが光る。

5

ファイル・ナンバー五

ウフェラドがわめき散らしている、オーダータップ！　そのようすたるや、ひどいものだ！　それでも、わたしはまったく罪を問われることなく、独房にいる。ウフェラドの声は、ここまで聞こえてくる。心情は理解できるとも。ネットウォーカーとおぼしきふたりが脱走したのだ。それだけではない。パルパタルも消えた。わたしには、あの球形生命体がどこにかくれたのかわからない。中庭の出口で最後に別れて以来、姿を見ていないのだ。わたしがペリーとエイレーネのためにすべての手はずをととのえたとき、かれは自分の独房にいたはず。それはたしかだ。さもなければ、パルパタルはこっそりふたりのあとをつけ、自由とおぼしきものを手に入れたのだろう。

とはいえ、その姿も見ていないし、声も聞いていない。あるいは、わたしがなにか見逃しているのか？

わたしが独房に足を踏み入れたさい、エイレーネはなんといっていた？　〝ほら、きたじゃない。パルパタルは嘘をつかなかったわ!〟と、いったもの。これは、わたしのことだろう。いま、疑念がわいてきた。なにか腑に落ちない。

看守たちがコラブを管轄の病院に連れていったのは、ルーチン制御が実行されたからだ。おまえは知っているにちがいない、オーダータップ。この制御は、パイリア人のあらゆる不調を自動的に引きおこすもの。虜囚のだれかがお膳立てしたのかもしれない。

このとき、ペリーとエイレーネが姿を消したと判明したのだ。とはいえ、監房のドアには鍵がかけられ、エネルギー障壁は正常に機能していた。

その後、球形生命体も消えたと判明した。その独房のドアが開いていることに驚いたのは、わたしだけではない。とりわけ、ウフェラドは驚いたはず。ポジトロン錠が破壊されていたのだ。酸かその類《たぐ》いのもので腐食したという。それでも、いつもの警報は発せられなかった。エネルギー障壁は無傷だ。わめき散らすソム人の声で知ったのだが、封鎖システムの記憶装置は、ごくわずかな損害もしめさなかったようだ。

心配するな、オーダータップ。わたしの……というより、むしろ匿名者の……しわざとは気づかれないだろう。

それについて匿名者は、すでに手を打っていた。わたしには、パルパタルがどうやってこの障壁を克服したのかわからない。ひょっとしたら、ウフェラドが見つけるかもしれない。あるいは、見つからないかもしれない。

実際、このような想定外の事件は大歓迎だ。ペリーとエイレーネとその逃亡から気をそらすから。ばかげているのはただ、ウフェラドがそこに関連性を見ていること。

とはいえ、わたしも結局、この関連性を完全には排除できない。パルパタルが自分のエネルギー障壁を操作できると仮定しよう。その場合、おそらく匿名者が、標準からのあらゆる逸脱をひっくるめた消去を実行し、同様に、制御システムの記憶装置におけるこの干渉をも消去したということ。

だが、わたしが懸念するのはそれだけではない、オーダータップよ。つまり、ペリー、エイレーネ、パルパタルとわたしのつながりは、実際にあるからだ。ウフェラドが徹底的に調べれば、いつかこの事実にたどりつくだろう。

ペリー、エイレーネ、グリーン球体は、明らかにオファラーの歌声の影響を受けなかったようだ！ ウフェラドはとうに、そう推測していたはず。それゆえ、この三名が結託しているという結論にいたったのだろう。現在、看守をどなりつけている。かれらが眠りこけていたのではないかと。ペリーとエイレーネがこの監獄にきたのは、ひとえにパルパタルを救出するためだとわかるべきだったと。

それは、もちろんばかげた話だ、オーダータップよ。年老いたソム人は怒りのあまり、分別を失っている。そのうえ、例のイジャルコルを恐れているのだ。

わたしとのつながりについてたずねるのだな、オーダータップ？ つまり、おまえにそれが可能ならば、たずねるだろうということだ。だが、それはどうでもいい。なにがわたしにとり不安なのか、おまえに話そう。わたしもかつて、オファラーの歌声の影響下で尋問されたことがある。そのさい、ＯＪＡ剤が効果を発揮した。だから、いいのがれができたのだ。ウフェラドがカルタン人について真実を知ることはなかった。それはけっして知られてはならない。

われわれは近い将来、アブサンタ＝ゴム銀河を植民地化する。その目的に向かって着実に進んでいることは、この法典守護者にはまったく関わりのないこと。

それでもあのとき、法典守護者の心にはわたしに対する疑念がのこった。つまり、わたしが完全に真実を述べたかどうかという疑念が。オーダータップよ、おまえはわたしがすべてを話したわけではないことを知っている。おそらく、ふたたび尋問されたなら、わたしはみずから命を絶つことになるだろう。グレート・マザーよ、ソム人がわたしをふたたびオファルの合唱団の前にさらすという考えを持たないようにしてほしい！　ＯＪＡ剤は一服ぶんしか持ちあわせていなかった。次の尋問は、必然的に〝斬首刑〟で終わるだろう。

つまり、きわめて気をつけなければ。

匿名者にさえ、いまは助けをもとめることができない。きっと、とうにふたたびイハン門にもどっただろう。ウフェラドはいま、通信センターもふくめ、すみずみまで監視させているにちがいない。どんな犠牲をはらっても、この独房にとどまらなければ。これが、わたしのおかれた状況だ、オーダータップ。わが身に関する心配と恐れ。この件は結局、みずからまいた種なのだから。パルパタルの身勝手さはべつとして。どの程度まで偶然なのか、いまにわかるだろう。あるいは、わからないかもしれないが。

オーダータップよ、わたしはたびたび考える。もし匿名者に出会わなかったならば、どうなっていたことだろう。かれはウフェラドにとり、一種の助言者として監獄にやってきた。ウフェラドが当時どのような問題をかかえていたのか、わたしは知らない。きっと、それはどうでもいいことだろう。

そういうことだ、オーダータップ。こうして、われわれは出会った。かれはずっと無言のままだった。あとになって知ったのだが、ナックは音声視覚マスクがなければ、まったく話すことができないらしい。かれらは、すべてを高次元レベルでのみ認識する。われわれは意思疎通できなかった。それでも、言葉をかわすことなく理解しあえたのだ。われわれは、どういうわけか、たがいに密接な関係を築いたもの。

どのようにかは、説明できない。だが、そうなのだ。

かれは、わたしにそれを証明した。それからというもの、ほとんどの時間、わたしは比較的自由に監獄のなかを動きまわれるようになったから。かれがプシオン・トリックでそうしているのだと、推測する。かれは、磨かれた技術だけが可能にすることがらを、実際に自分が存在する平面上で達成できるのだ。

もっとも、これを肯定する直接的証明はない。いずれにせよ、わたしはかれと出会い、安堵感をおぼえたもの。のちに通信センターの機能を把握し、ためしに紋章の門のナックあてにメッセージを送信したとき、要望はたちまち叶えられた。だから、わたしはかなり確信している。匿名者が手をまわしたちがいない、と。

そう、わかっているとも、オーダータップ。ナックの手は、まわせるほど長くない。わたしが確実に知っていることはなにもないこともわかっている。ひょっとしたら、ナック全員がわたしを助けているのかもしれない。

ときおり、ナック数名が監獄にやってくる。すでに告げたように、わたしにはかれらを見わけることができない。ひょっとしたら、それはつねに同じナックかもしれないし、そうでないかもしれないのだ。

とはいえ、ただひとつだけ、これまで成功していないことがある。成功するとも思えない。つまり、音声視覚マスクを着用しているナックに会うことだ。

ここで中断しなければ、オーダータップ。ロボットを連れた看守がやってくるのが聞こえたのだ。ウフェラドがわたしにグライダーのパイロット役をさせたいだけだと望むしかない。〝斬首刑〟には、まだあまりにも早いから。

ファイル・ナンバー五、記録完了。

パルパタルは、自分がどこに向かうつもりかを正確に知る、たよりがいのあるリーダーであることを実証した。アザミガエルは周囲をつつむ暗闇にもかかわらず、いまだにすぐれた方向認識力を発揮している。ペリー・ローダンもまた、それを確信した。

＊

三名は、夜明け前の三時間で、すくなくとも十キロメートル進んだ。森は鬱蒼《うっそう》とし、地面は歩きにくかったものの。

「われわれをどこに連れていくつもりだ？」ローダンは一度、訊いてみた。

「確固たるゴールはない」アザミガエルが不明瞭な声で応じた。「とはいえ、最後の睡眠時に考えてみたところ、監獄からある程度はなれておいたほうがいいとわかった。ウフェラドは、われわれがまだ近くにいると思うだろう。暗闇のなか、移動手段がなければどうしようもないから。だが、それは思い違いというもの」

「かくれ場が必要だ、パルパタル。この大騒ぎがいったんしずまるまで、そこに身をひそめよう」

「了解だ」球形生命体が歯の隙間から声を出した。「思うに、この深い森は絶好のかくれ場となるだろう。目の前の藪は密集し、絡みあっている。まず休息をとり、日が昇るのを待とう。認めるが、わたしは疲れている。ふたたび正確に思考するために眠らなければ。わが光も、もう消えそうだ」

アザミガエルが、へなへなとくずおれた。ローダンとエイレーネは、その隣りの柔らかな地面の上にしゃがみこむ。数秒後、規則正しい寝息が聞こえ、もうパルパタルに話しかけてはならないとわかる。そのからだから光が消えていた。

ローダンは、ネット・コンビネーションの装備を利用するつもりはない。発見される危険があまりに大きいから。とりわけ、ナックはこの種のエネルギーをたちまち感知するだろう。もっとも、自分たちの身体放射がどれくらい遠くまでとどくのかも推測できない。

「わたしも疲れたわ」エイレーネが告げた。

「横になればいい」ローダンが応じた。「わたしが起きているから」

エイレーネとパルパタルが眠るあいだ、ローダンは思いにふけった。奇妙にも、いま娘はきわめておちついている。周囲の開放的な自然が、特効薬の働きをするようだ。エイレーネは規則的な寝息をたて、ほとんど動かない。

ようやく日が昇った。太陽が樹冠のあいだから微光を投げかける。すると、たちまち土砂降《どしゃぶ》りの雨が逃亡者三名を迎えた。

ネット・コンビネーションが、テラナーふたりを守った。パルパタルは、雨がまったく気にならないようだ。からだから水滴がしたたりおちるが、アザミガエル自身は身動きもしない。

ようやく、エイレーネが目ざめた。満ちたりたようすで、父親にほほえみかける。

「実際、笑うような理由はなにもないはずだが」と、ローダン。「見てのとおり、われわれ、小難を逃れて大難にあったわけだ」

「あるいは逆よ、ペリー。あの壁のなかにいたら、わたしは文字どおり窒息したでしょう。ここでは、すくなくとも自由に呼吸できるわ。それに、雨のほうが、あのウフェラドとオファラーの歌声より千倍も好感が持てるもの」

「それはよくわかるとも。パルパタルのそばにいてくれ。わたしは、あたりをすこし見てまわり、なにか食べられるものを見つけてこよう」

「わたしもいっしょに行くわ。ただぼんやりすわっているだけなんて、わたしの性に合わないもの。それに、パルパタルは寝ているあいだもわたしたちの話を聞いているでしょうし」

「それについては、それほど確信していない」ローダンが考えるようにいった。「たしかに、かれはわれわれを助けてくれたが、わたしはいまだにまったく信用していないのだ。パルパタルがいまこの話を聞いているなら、それはそれでかまわない。この場をもって、警告されたわけだから。それゆえ、わたしはかれから目をはなしたくない」

「負けたわ」娘が折れた。「わたしがアザミガエルを見張るから、朝食を手に入れて。

ただ、妖精に出くわさないといいのだけれど。あなたが捕まったら、二度とはなしてもらえそうにないもの」

「ねえ、娘よ」ローダンがにやにや笑いながらいう。「三つの願いを叶えてくれる妖精に出会ったら、わたしはなにも文句はない」

「わたしが妖精だと想像してみて。おお、テラナーでネットウォーカーのペリー・ローダンよ、おまえの第一の願いはなに？」

父親は立ちあがったが、笑みを浮かべたまま、なにもいわない。

「答えなさい、よそ者よ」エイレーネはきびしい表情と暗い声で迫った。「さもないと、おまえをアザミガエルに変えます」

「わかった、ちいさな妖精さん。わたしの望みは、ただひとつだけ。ハイパー通信機だ。のこりは、わが友と娘とわたしの力だけで手に入れよう」

「見通しは暗いわね、テラナー」娘が悲しそうな目で応じた。「妖精としてのわたしの力は、この雨惑星トペラズにかぎられたもの。ここにはハイパー通信機などない」

「ま、見てみよう」

ローダンは、エイレーネの頬にキスすると、出発した。

森の地面がもっとも急な登り勾配となる方向を選ぶ。数歩で、もうエイレーネとパルパタルの姿が見えなくなった。数メートル進むごとに、枝を手折《たお》る。もどるさいの目印となるように。

半時間もたたないうちに、突然、森のはずれに出た。地面には背の低い草木も見あたらない。雨水がたちまち砂のように細かな石のあいだにしみこんでいく。

目の前に、靄《もや》のかかった湿っぽい朝の景色がひろがる。はげしい雨のヴェールの向こうの状況を確認するのにしばらくかかった。

目の前の地形は、急な下り勾配だ。ローダンは崖の上に立っていた。百メートルほど下に海がひろがり、岩だらけの海岸に波しぶきがあがっている。はるか遠くに、島あるいはべつの陸地が見える。下は海のような気がするが、大きな内陸湖かもしれない。

右側は木々でおおわれた張り出しが視界をさえぎるが、左側には遠くまでひろがる盆地が、篠《しの》つく雨の向こうにつづく。ローダンがもっとも魅了されたのは、盆地が森と接するところに見える、平屋からなる集落だ。

家なみ以外の詳細はわからない。低い建物のあいだの動きすら、確認できない。まるで、トペラズ上空にあるすべての水門が開き、水をからっぽにしているかのように見えるから。

実際、あそこはパイリア人の居住地だろう。ネットウォーカーはそう思った。シアコンの言葉は、いまだ鮮明に記憶にのこっている。ひとまず、あそこに向かうとしよう。

この人気《ひとけ》のない地域では、だれも移動手段なしでやっていくことはできない。まず、この惑星で使われる乗り物が必要だ。それがあれば、目立たずに動けるだろう。その乗り物は、居場所を明かすエネルギー・エコーも生じさせないかもしれない。

雨がやみそうもないため、ローダンは引きかえした。のこしてきた目印が帰り道をしめす。

食糧は、問題なく見つかった。ここにはさまざまな果物がある。手あたりしだいにためしてみた。細胞活性装置が毒をただちに無害化するだろう。四個めの果物を口にしたさい、卵大装置のインパルスを感じた。完全に食用ではないという、たしかなサインだ。無害と分類された果物を両手いっぱいに集めてから、最短ルートでもどる。

アザミガエルは、まだ眠っていた。エイレーネが、期待に満ちた目で父を迎える。

「朝食にトペラズの森ナシはいかがかな」ローダンは笑って、持ってきた果物を娘に向かってさしだした。「そして、デザートにはブルーの妖精ベリーを選んでみた。若いレディの口に合うといいのだが」

「口に合うどころじゃないわ」エイレーネは、ひと口頬張ると、すぐに答えた。

ローダンは、目にしたものについて娘に話して聞かせた。パルパタルは、いまなお身じろぎもしない。

「次のゴールはパイリアア人の集落だ。そこでグライダーかその手のものを見つけられるといいのだが。とはいえ、不意打ちは、ほとぼりが冷めてからだ。疑問の余地なく、われわれは追われている。だから、さしあたり数日はこの森のなかにかくれるとしよう」

「このメニューなら、いやとはいわないわ」エイレーネは、最後のひと口をのみこんだ。

アザミガエルが短く鋭い口笛を吹くと、跳びあがり、

「かれらがやってくるぞ」と、べちゃべちゃ声でいった。

ローダンは耳をそばだて、

「なにも聞こえないが」と、疑うように応じた。

「あなたにはなにも聞こえない。それでも、わたしには聞こえる。十機ほどだ」パルパタルが告げた。「藪のなかへ」

アザミガエルは同行者の反応を待たずに、近くの密集した藪のなかにイタチのようにすばしこく姿を消した。ローダンとエイレーネが、そのあとにつづく。

数分後、樹冠のすぐ上を機体の群れが列をなして通過した。ネットウォーカーふたりはじっと動かない。パルパタルは、またもや眠っている。とはいえ、こんどは完全に音をたてずに。

しだいにローダンは、この奇妙な生物にわずかながらも信頼をいだくようになった。

6

ファイル・ナンバー六

ほら、オーダータップ！　わが心がどのように躍っているか、一度見てみるがいい！　すべてが完全にうまくいった。ウフェラドは、わたしをふたたびオファラーの歌声のもとで尋問しようとは、思いもしなかったらしい。まったく逆に、パイロットとして同行するよう、まさに懇願してきたのだ。きょうの昼ごろ、監獄に到着したナック数名を目撃した。おそらく、助言者としてやってきたのだろう。つまり、わが匿名の友がふたたび手をまわしたのは明らかだ。わたしを文字どおり、法典守護者の懐に押しこんだにちがいない。

逃亡者の行方を追って、早朝から捜索部隊が出動している。ソム人は、ただちに可能なかぎりあらゆる手をつくした。さらにあらたな部隊を編成し、空も陸も同時にペリー、エイレーネ、パルパタルのシュプールを追っている。

それどころか、パイリア人の移民にもこの件を知らせ、たいそうな見返りを約束した。

っているはずだ。囚われの身であるわたしたちは、捕縛者たち虜囚三名のうちいずれか一名を見つけた者に、任意の惑星における自由滞在を保証するというものだ。そもそも、ウフェラドにそのような約束を実行する力があるのか疑問だが、わたしにはどうでもいいこと。ウフェラドが三名を捕らえたなら、いずれにせよ、もとの退屈な日常がふたたびもってくるだけだ。

ナックたちは、まだここにいる。管理棟の上階で、いくつかの部屋を占領した。そこになにがあるのか、正確には知らない。おそらく、探知機の類いの技術装置だろう。

ウフェラドは、午後早いうちにみずから積極的に捜索にくわわるつもりらしい。看守の一名を通じて、わたしにそう知らせてきた。さらに、中庭における真昼の円形行進からわたしを解放することも。わたしは礼儀正しく感謝を伝え、それでもほかの虜囚とともに屋外に滞在することを許してもらえるようたのんだ。オーダータップよ、なぜわたしがそうしたのか、おまえはもちろん、とうに知っているな。ただそのようにしてのみ、さらなる情報を得られるというもの。

さまざまな規模と構成の捜索部隊が八百ほど、すでに出動している。移民たちは、ヴァララ狼を連れて到着した。この、手なずけられたトペラズの原住動物は、すぐれた嗅覚を持つ。逃亡者のシュプールを見つけるだろう。わが友ペリーとエイレーネにとって、好ましい状況とはいえない。

かれらは、わが友なのか？ いや、オーダータップ、実際にはちがう。わたしには正確にはわからない。ただ、ふたりに好感が持てないわけではない。むしろパルパタルのほうが、そりがあわない。かれらを自由にしなければならないと、わたしが考えるのは、そうしてのみ、シオム・ソム銀河全体に関するさらなる情報を入手できるからだ。それでも、この件は危険をはらむ。逃亡者が見つかり、捕まったと仮定しよう。その後、かれらがふたたび尋問され、屈服したなら、あるいは自発的に話したなら、わたしが裏切り者だとウフェラドは知るだろう。これは、きわめて厄介な問題だ、オーダータップ。軽く考えるわけにはいかない。〝斬首刑〟だ、わかるな？

さらにウフェラドは、どうやって三名が脱走できたのか、謎を解こうとあれこれ考えをめぐらすだろう。それにしても、なぜヴァララ狼はまだ逃亡者のシュプールを見つけられないのか。いずれにせよ、このことがなにをしめすのか、わたしはまだ聞いていない。まったく単純な話なのだが。

狼は、まずペリーの監房でにおい跡を嗅《か》がされ、その後、監獄敷地内から出ていった。周囲をひとまわりするのに、そう長くはかからない。とっくにシュプールを見つけていてもいいはずだ。

わたしはいまや、管理棟内を自由に動きまわれる。ウフェラドがそう命じたから。グライダーはすでに点検ずみだ。出発準備はととのっている。これから、すこしばかり嗅ぎまわることにする、オーダータップ。その後、ふたたびおまえと話そう。

ファイル・ナンバー六、記録完了。

＊

グライダーが遠ざかっていく。空にふたたび静寂がもどった。それでも、雨はやみそうもない。

ローダンは、鬱蒼とした藪から這いでた。エイレーネとアザミガエルがそのあとにつづく。

「ヴァララ狼だ」パルパタルが不明瞭な声をあげた。「吠える声が聞こえる。われわれのシュプールを探しているのだ」

ローダンはいらだちをあらわに、

「ならば、シュプールを消しさる方法を思いつかなければ」と、迫った。

「いや」球形生命体はおちつきはらったままだ。「すこしでも動けば、狼に見つかるよりも、もっと危険な状態におちいるだろう。わたしは、監獄を出てからというもの、ヴァララ狼を惑わせるような香料のシュプールをのこしてきた。おまけにこの雨だ。われわれを見つけられないだろう。さらに、狼の群れはかなり遠くにいる。見つかるとすれば、偶然の一致によってのみ。あるいは、みずから居どころを明かした場合だな」

「ならば、その偶然の一致を排除しなくちゃ」と、エイレーネ。

「思うに」父親が娘に答えた。「パルパタルの話はもっともだ。息をひそめることで、その偶然の一致を排除するにこしたことはない」

「わたしも寝ているあいだにそう考えた」アザミガエルが肯定する。「ウフェラドは、まず監獄周辺を徹底的に捜索するだろう。それでもなにも見つからない。わたしの香料と降りやまない豪雨が、あらゆるシュプールを消しさるから。法典守護者はやがて、われわれが監獄から遠くはなれることに成功したにちがいないと、気づくだろう。ヴァラ狼が手がかりをまったく見つけなければ、ウフェラドはますます確信するはず。われわれが乗り物で逃亡している、と」

「で、ここでグライダーを所有するのはだれか？」ローダンが考えを声に出しながら、さらにつづける。「パイリア人の移民だけ。つまり、ウフェラドはかれらに対する不信感を呼びさまされる。同時に、捜索範囲をますますひろげるにちがいない。力を浪費せざるをえないというわけだ」

「そのとおり」球形生命体が歯の隙間から言葉を吐きだした。「とはいえ、ソム人をあなどってはならない。ウフェラドは惑星全体を総動員できるのだ。このまま成果が見こめなければ、そうするだろう。思うに、あと二日ほどここでおとなしくかくれていたほうがよさそうだ。それでも、いつかウフェラドの手下は、この森をもくまなく探しまわるはず。見つかるのも時間の問題ということ」

ローダンはこの言葉でなにか思いついたようだ。なにもいわずに考えこんでいる。やがて、指を鳴らした。

「つまり、パルパタル」ローダンが、ふたたびいった。「きみはこう考えるわけだ。みずから居場所を明かさないかぎり、明朝までは、われわれは安全だと」

「まずまちがいないと思われる」

「その後、ウフェラドは徹底的に捜索範囲をひろげるわけか？」

「寝ているあいだにそう考えた」

「承知した、友よ」ローダンは、奇妙な生物をなでた。パルパタルはからだに沿って棘をたいらに寝かせている。「計画がかたまった。この時間を利用し、あとでウフェラドの裏をかく。さ！　このまま、おとなしくしていよう。ここにとどまるのだ」

「あなたたちは休んでいい」と、アザミガエル。「わたしには、すべて聞こえるから。寝ているあいだも」

三名はふたたび藪にもぐりこみ、可能なかぎり快適な姿勢をとった。

ローダンは打ち解けていた。すでに、棘だらけのグリーンの球形生命体に対する友情が育《はぐく》まれていたのだ。これはかれにとり、アザミガエルを信用することを意味する。エイレーネの目が、この進展を歓迎すると告げていた。

これまでおまえと話すことができなかった、オーダータップ。実際、ひとりきりになる時間がまったくなかったから。だが、いまはしばしの休息がとれる。

＊

ファイル・ナンバー七

ウフェラドは、ソム人とパイリア人それぞれ半々からなる下級指揮官たちと、議論に入った。われわれはいま、監獄から半飛行時間の距離ほどはなれた森のパイリア人居住地、ウムコンにいる。ここに、もっとも重要な移民である市長の住居がある。ソム人はそこに〝前線司令部〟をかまえた……ウフェラドがそういったのだ、オーダータップ。実際は、自分がそこを利用するため、ウムコンの市長を家から追いだしたのだが。

わたしはもちろん、司令部会議への参加を許されていない。逃亡者の捜索に多かれすくなかれ自主的にくわわるパイリア人のほとんども、しかり。かれらは大急ぎで、ウフェラドのグライダーから遠くはなれていった。わたしとはまったく関わりあいたくないようだ。法典守護者の忠実な従者だと思っているから。

事件の関連性を記録するため、わたしはまず監獄にふたたびもどらなければならなかった。そこでは、思ったとおりの事態になっていた。ウフェラドが、管理棟上階にいるナックの力を借り、これまでわたしがその存在をまったく知らなかった基地を作動させたのだ。惑星半分におよぶ有効範囲をそなえた、複合的シュプール探知施設を。

これにより、ペリーとエイレーネ、それにグリーンの棘球体が捕捉されるのはまず確実だ。三名がこの探知システムの有効範囲外に到達する方法を見つける可能性は、完全に排除されるだろう。

それでも驚くべきは、逃亡者のシュプールが見つからないことだ。ウフェラドは、わたしに対し、こう告げたもの。ナックおよび惑星ソムの協力者は、監獄周辺で生じたあらゆる異反応を記録している、と。もちろん、その付近はもう監視しない。地表のいたるところ、くまなく捜索ずみだから。

ソム人は、ヴァララ狼による捜索結果がもたらした謎に直面している。ウフェラドいわく、あの動物は二日間ずっと雨が降りやまないとしても、シュプールを見つけられるほどすぐれた本能と嗅覚を持つ。長雨は、トペラズではけっしてめずらしいものではない。今回の雨は、三名の逃亡の翌朝になってから降りだした。つまり、ヴァララ狼は実際、容易に捜索できたはず。

それでもなにも見つからないのだ。わたしにもその説明がつかない。

ウフェラドは、ふたつの仮説を立てた。そして、これを究明するため、ウムコンの市長宅で会議を招集したのだ。あのソム人は、わたしとふたりきりのときは雄弁になる。たいてい、ひとり言だが。わたしはつねに〝はい、もちろんです、法典守護者〟とか、

〝きっと成功するでしょう〟とだけ答える。そのさい、ソム人はまったくわたしの話を聞いておらず、不安におびえているような気がした。

そう、ふたつの仮説についてだった。ひとつは、外に協力者がいて、逃亡者は機体で空中を運ばれたのではないかというもの。もうひとつは、ウフェラドいわく、ヴァララ狼を操るパイリア人たちが裏切り、ひそかにソム人の権力に反抗して、わざと誤ったシュプールに動物を導いているのではないかというもの。

ウフェラドは移動手段と思われる機体に関しても、パイリア人が手をまわしたと疑っている。もちろん、わたしは信じられないが。ウフェラドは、移民のことをよくいわない。気の毒なかぎりだ。かれらはまったく無罪なのだから。それでも、法典守護者にそう意見することはできない。そうすれば、わたし自身が疑われかねないから。

実際、なにが起きたのか、わたしには謎だ。それでも、疑惑はますます深まる。パルパタルと、ネットウォーカーとおぼしきふたりは、はじめから結託していたのではないか。さらに、パルパタルはウフェラドとわたしに対して、奥の手をいくつかかくし持っていたにちがいない。さもなければ、どうやってアザミガエルは自分の独房のドアを開けることができたというのだ、オーダータップ？　ほら、おまえにも答えはわからない！　それは、まったくはっきりと感じる。

ソム人は、ウムコンに向かう飛行中、重要人物とおぼしき相手とコンタクトをはかった。相手をヴァイブルンと呼んでいた。はじめて聞く名前だ。何者なのか、わたしにはわからない。映像なしの通信だったが、ヴァイブルンがソム人でもパイリア人でもないのは明らかだ。その声は、あまりに異質だったから。

ウフェラドは腹をたてたようすで、会話を打ち切った。このヴァイブルンとやらにふたたび強く警告することなく。つまり、ヴァイブルンが捜索への協力を拒んだのだ。わたしがこれまでトペラズにおける唯一の支配者だと思っていた法典守護者でさえ、受け入れざるをえないような理由を用意して。ヴァイブルンはこう告げたもの。

「わたしがトペラズでどのような重要任務を遂行しなければならないのかを、わたしのほかに知るのは、きみだけだ。ここをはなれるわけにはいかない。それはきみも知っているはず」

グレート・マザーにかけて、このヴァイブルンはなにをする者なのか？　わたしは興味深い秘密に出くわしたのか？　わたしは、ほとんどそう推測しているのだ、オーダータップ。ウフェラドを説得し、このヴァイブルンとやらのところに出向くようにさせられたなら、もちろんどんなにすばらしいことか。オーダータップよ、わたしはそこでまたなにか思いつくにちがいない。おや、向こうの市長宅でなにかあったようだ。参加者の声が大きくなっている。それでも、ウフェラドの声がすべてをうわまわるが。

なにも理解できない。会議室まであまりにはなれているから。言葉がひずみ、はっきり聞こえない。

すでに夕方だ。このあわただしさは、いまだになんのシュプールも見つからないことをしめしている。これをよろこんでいいものか、腹をたてるべきなのか、わたしにはわからない。すべては諸刃《もろは》の剣なのだ。

待ってくれ、オーダータップ! グライダーの通信装置が作動した。わたしはウフェラドから、通信を受信する全権限をあたえられているのだ。

一時停止。いったん、記録を中止する。

通信は監獄からだった。相手のソム人の名前は聞きとれなかったが、シュプール探知施設でナックを補助する者のひとりにちがいない。〝不発通知〟を出し、遠大な距離における〝完全活動領域の拡大〟を知らせてきた。

わたしは、すべてを忠実に法典守護者に伝えるつもりでいる。それでも、わたしなりに考えてみた。

〝不発通知〟とは、いまだになんのシュプールも見つからないということ。〝完全活動領域の拡大〟とは? ナックにも完璧な監視は不可能というわけだ。おそらく、重要ポイントを絞らざるをえないのだろう。

それはつまり、ペリーとエイレーネがすりぬけられる隙間ができるということ。

わたしは、ひそかに笑った。あのふたりが最後まで逃げおおせるためにどうするつもりか、ぜひ知りたいものだ。パルパタルが実際、行動をともにしているのかどうかも。だがおそらく、わたしがそれを知ることはないだろう。

パイリア人の一グループが、興奮したようすで市長宅から出てきた。昆虫生物ははげしく議論しあい、完全に激昂している。ウフェラドにひどく侮辱されたにちがいない。かれらがグライダーに向かうのが見えた。そのとき突然、複数のロボットが建物のあいだに出現し、行く手を阻《はば》む。一パイリア人が、はげしい叫び声をあげた。手にした武器を、ロボットに向かって発砲する。

無意味で絶望的な戦いだった。パイリア人はなにもできない。命を奪われたからだが地面に転がったとき、わたしは思った。法典守護者はこれを見せしめにしようとしたのだ。目標を達成するためなら、あの年老いたソム人はがぜん強硬になる。

オーダータップよ、認めよう。わたしはあの男が大嫌いだ。かれは移民を弾圧している。移民政府が操り人形のみで構成されていることを、いま、わたしはふたたび思い知った。ここでは、ソム人だけに発言権がある。そして、ソム人のなかでも法典守護者は最悪なタイプのひとりだ。

ほかのパイリア人は、ロボットが近づいてくると、ちりぢりになり、身を伏せた。ウフェラドが市長宅の玄関に姿をあらわし、空に向かって発砲する。どうやら、なにかいいたそうだ。

伏せていたパイリア人たちはなにもいわずに、からだを起こした。

オーダータップ、このファイル・データにウフェラドの声を録音しておこう。

「……きみたち、相応の見返りを得る機会を失ったな。状況を変えることもできたはずだ。というのも、きみたちの国のこの敵を野ばなしにしてはならないから。それゆえ、ここで宣言しよう。逃走中の裏切り者に手を貸した者は死をもって償うことになる。反抗的にふるまう者も同様に罰せられる。さらに、消極的態度をかくれみのにする者にも、これは適用される。危険はそこにあり、きみたちを脅かしている！　さらなる災《わざわ》いがもたらされる前に逃亡者を捕らえることで、危険を排除せよ！」

オーダータップ、おまえがいまの言葉を記録できたことを願う。いいか、これは真実よりも多くの嘘をふくむもの。ソム人の脅迫は、遺憾ながらほんものだ。いまや万事休すとなりかねない危険な状況となれば、ウフェラドはなにものにもひるまないだろう。

この男にとり、他者の命はほとんど重要ではない。

なんたる不名誉なことか。わたしには手も足も出ない。なにもできないのだ、オーダータップ。

ときおり、わたしは自問する。この任務を引き受けたのは正しかったのか。そうだ、だれかが引き受けなければならなかった。もしわたしが拒んだなら、ほかのカルタン人がになっただろう。結果そのものがわずかに変わっただけだ。

それでも、オーダータップよ、わたしは罪の意識を感じる。ペリーとエイレーネに手を貸さなかったなら、そこに塵《ちり》にまみれて横たわるパイリア人の移民は、きっとまだ生きていたはず。

わたしに責任があるなら、匿名者にもまた責任がある。かれが決定的なレールを敷いたのだから。違うというのか？　ま、いいさ。たしかに、わたしのせいだ。それでも、匿名者がいなければ、わが計画は実現しなかった。わたしは責任を負わなければ。損失を完全に埋めあわせる可能性はまずないだろう。

ひどくみじめな気分だ。それでも、耐えぬいてみせる。そもそも、この計画を立てたのはわたしだから。ならば、乗りきれるはず。

ウフェラドが、いばった足どりで近づいてくる。いつもよりもさらに胸を張って。ウムコンの家々のはざまで明かりが燃えあがる。夜が訪れたのだ。すべては、さらに集中的に捜索がつづくことをしめしていた。

だれがあのパイリア人を殺したのか？

ペリーとエイレーネがトペラズにこなかったならば、かれはまだ生きていただろう。わたしがあのふたりの逃亡を手助けして情報を入手しようとしなければ、まだ生きていただろう。

匿名者がわたしに手を貸さなければ、まだ生きていただろう。

ロボットが撃たなければ、まだ生きていただろう。

あの男がみずからロボットに襲いかからなければ、まだ生きていただろう。

この責任はだれが負うのか、オーダータップ？　だれが？

ここでいったん中断しなければ。法典守護者が近づいてくる。

それぞれの命について深く考えることには、きっと意義がある。わたし自身もまた、責任を負ったのだ。そして、さらなる責任を負うことになるだろう。ウフェラドの息の根をとめる機会が訪れたなら、わたしは一秒たりともためらわないだろうから！

それに関しては、わたしを信じてくれてかまわない、オーダータップ！

ファイル・ナンバー七、記録完了。

7

夜の帳《とばり》がおりたころ、雨がようやく弱まった。建物からは、まだ長いこと、しずくがしたたりおちていたものの、林冠を打つ雨の音は、すでにやんでいる。

ペリー・ローダンは動きだした。ふたたび道しるべをたよりに、岩壁に向かう。そこに到着したころ、すでに夜の暗闇があたりを支配していた。休憩をとり、目が完全に暗闇に慣れるまで待った。森のはずれのここでは、地形のシルエットがまだわかる。

テラナーは推測した。パイリア人居住地まですくなくとも二時間はかかるだろう。最難関は、岩壁をおりなければならないこと。

居住地には、いくつかの明かりがともる。とはいえ、光点ははるか遠く、方向を定める補助手段にしかならない。ローダンは、時間をかけて岩壁をおりた。一歩一歩、用心深く進む。

あと半分のところで、投光照明をそなえたグライダーが地平線にあらわれた。ローダンは岩塊ふたつのあいだに身をひそめ、ようすをうかがう。機体は集落におりた。つまり、あそこにはすくなくとも一機、グライダーがあるということ。

崖をくだるにつれて、よせる波の音がさらに大きくなった。ついに、その音が足音をうわまわる。そこで、おりる速度をさらにあげた。

岸辺には、幅数メートルの砂浜がひろがる。振りかえってみるが、いまおりてきた岩壁は、トペラズの雲が垂れこめる暗い夜空に溶けこんでみえた。

さらに半時間後、村にあと数百メートルの地点まで近づいた。さまざまな窓からこぼれる光が、村の詳細を伝える。集落は、ほぼ円形にならぶ二階建ての家二十軒ほどからなる。ローダンがわずかにわきにずれると、村の中央の照らされた広場が目に入った。そこには、パイリア人数名の姿がある。家々の前にすくなくとも一ダースのグライダーが見えた。声が聞こえてくる。

テラナーは藪のあいだで身をかがめ、さらに観察をつづけた。どうやら、活気に満ちた村のようだ。

きわめて慎重に、集落に近づいていく。そのさい、完全に暗闇につつまれた、窓がないと見受けられる建物を掩体《えんたい》として利用する。

それぞれの声を理解できるほど近づくと、たちまち、パイリア人が捜索部隊にくわえられたとわかる。何度も、法典守護者ウフェラドの名があがっていた。夜のうちにふたたび出発することが賢明かどうか、意見が一致しないらしい。それでも、どうやら、ソム人からかなりの圧力をかけられたようだ。

「逃亡者が、この閑散とした集落にあらわれるわけがないわ」女パイリア人が興奮していった。「さっさと、ベッドで休んだらどう」

「ソム人がいまのを耳にしたなら、ひどく罰せられるのを覚悟しなければ」一パイリア人が異議を唱える。「ウフェラド相手にごまかしがきかないのは、わかるはず。ウムコンで、すでにわれわれの仲間一名を射殺したらしい」

パイリア人たちは、まだしばらく議論をつづけていた。やがて、すくなくともグライダーの一部を発進させると決めたようだ。まもなく、十機ほどが飛び立った。

ローダンは、のこった者たちが家々に消えていくようすを見守った。家の明かりが次々と消えていく。だれかが村の広場の外灯スイッチを切った。

ネットウォーカーは、あたりが完全な静寂につつまれるまで、さらに一時間待った。それからはじめて、おもむろに動きはじめる。窓のない家のわきを通りすぎ、村の広場に到達した。そこには、暗い影が四つ五つあるが、夜の闇にまぎれてほとんど目立たない……のこされたグライダーだ。見張りを置くといった警備手段は、ここではだれも考えつかないらしい。

いちばん手前の機体のサイドドアを慎重に開けた。内部は、ほのかに制御ランプがともり、どうにか計器類が認識できる。ローダンは用心深くドアを閉め、操縦エレメントを確認した。このグライダーなら、なんなく操縦できるだろう。

スイッチを入れると、反重力装置が低くうなりだす。最低速度で機体を上昇させ、家なみをこえた。それからようやく、人工光源を作動させることなく慎重に加速する。

村のはずれまでくると、連なる藪の奥に着陸した。そこにすこし前までかくれていたのだ。全システムを切ると、降機した。

居住地はしずまりかえっている。グライダーが盗まれたことにまだ気づかないようだ。これで状況は明らかに楽になる。パイリア人が夜明け前に、グライダー一機が消えたことに気づくとは考えられない。それまでに、機体は遠くはなれているだろう。

テラナーは岸に沿って飛んだ。砂浜が、かろうじて認識できるくらいのうっすらしたラインをしめしてくれるから。往路で険しい岩壁をおりた場所までの距離を推測する。そこで機体を上昇させ、見おろした。森がはじまる場所の林冠は、いまもなお夜の闇にまぎれ、見えない。衝突を避けるため、森の推定方向にグライダーを近づけずにいたが、とうとう、ほのかに輝く光点を見つけた。

パルパタルのからだの光だ！

光点に向かって進む。雨はすでにあがっていたので、グライダー上部を開けた。

「あと五十メートルだ！」アザミガエルが叫んだ。「エンジン音が聞こえるぞ、友ペリー」

ローダンはグライダーを慎重に岩壁の縁に近づけた。球形生命体のほのかな光のおかげでエイレーネの姿も見える。まもなく、二名が機体に乗りこんだ。娘は明らかに安堵の息をつきながら、ここまですべてが絶好調だと、父親に告げた。

「さて、わが友たちよ」テラナーが皮肉をこめていった。「ここからが肝心だ」

ローダンは、しばらく操縦システムに専念した。小型スクリーンに、地図の一部がうつしだされる。一分後、すでにローダンはこの単純な技術装置を使いこなせるようになった。機体の現在地も、トペラズの地理上の重要ポイント同様に表示される。グライダーを失敬した移民の村さえ確認できた。

それから、紋章の門も見つけた。監獄からそう遠くない。座標が直接、グライダーの自動操縦装置に記録された。まもなく、共同初飛行のゴールが確定する。

「そこでなにをするつもりか、わたしにはよくわからないが」アザミガエルがべちゃべちゃ声で文句をつけた。「それでも、重要な過ちをおかすような気がする」

「ばかな」ローダンは反論した。「まだ、グライダーが盗まれたことはだれも知らない。この隙を利用し、ウフェラドが捜索をあきらめるくらい安全な場所に避難する。かれらはグライダーを気にしていない。ゆえに、かぎられた時間とはいえ、われわれは比較的自由に動けるわけだ。このタイプのグライダーは無数に出動している。捜索部隊のことだ。だから、それぞれのグライダーは目立たない。安全な場所まで逃げよう」

「どこに向かうつもりだ？」パルパタルが訊いた。

ローダンは、オートパイロットに操縦をまかせた。グライダーは、通常価で加速し、プログラミングされたコースをとる。

「監獄に向かう」ローダンが低い声で笑った。「そこがもっとも安全だ。だれも、われわれがもどってくるとは思わないだろうから」

「頭がおかしくなったのか」アザミガエルは興奮のあまり、特有の鳴き声をあげた。

エイレーネが父親を横目で見つめる。その目には、かすかな感嘆の念が浮かんでいた。

＊

ファイル・ナンバー八

オーダータップ、おまえに話しかける機会がまったくないまま、三日間が経過した。実際、ウフェラドから見て重要なことはなにも起きていない。逃亡した虜囚三名のシュプールは、いまだなにも見つからないのだ。

けさ、ソム人は当面の捜索を打ち切った。これにより、おそらくパイロットとしてのわたしもお役御免だろう。すでにコラブが回復しているのだから、なおさらだ。コラブにあらたに一服盛ったところで意味がない。ウフェラドがふたたび出かけるとは思えないから。

あの三名がどうやって逃げおおせたのか、わたしには謎だ。文字どおり、地上から消え失せた。

それでもソム人は、ひっそりとした居住地のパイリア人数名から出た説にすがっている。そこの人気のない森のなかで、三名の遺体が見つかったという。トペラズには獰猛《どうもう》な動物がいるのだ。ウフェラドは、逃亡者がそれらの猛獣の犠牲となったと推測した。

この話自体、わたしには充分にうさんくさく思えたが、もちろんなにもいわない。遺体を発見したというパイリア人は、報告にあった居住地の者ではなく、その後はグライダーでそこをはなれ、二度と姿をあらわさなかった。わたしには、移民が自分たちの立場が不利にならないよう、なにかをもみ消そうとしているという気がしてならない。

いずれにせよ、一グライダーが消えた。それでも、ウフェラドは野生動物の説にしがみついて、これを公式見解とした。該当地域で逃亡者の遺体を捜索させ、パイリア人が遺体を引きずってきたが、思うに、それはまったくべつの犠牲者のものだろう。

当然だ、オーダータップ！　ソム人は、おのれの敗北を認めたくない。それゆえ、この説を成立させたいわけだ。ウフェラドは屈辱を恐れている。さらに、永遠の戦士を恐れている。この不始末が、いつかきっと戦士の耳に入るにちがいないから。

ナックは、すでに引きあげていった。ソム人数名がいまもなお管理棟上階のシュプール探知施設で任務にあたるが、ウフェラドはかれらをほとんど気にかけない。

きょう、あらたに虜囚二名が到着した。逃亡者捜索のさい、ソム人に反抗したというパイリア人だ。ウフェラドは自分が失敗した恨みをこの二名で晴らすつもりなのだろう。とんだ災難だな、この移民たちには。

ウフェラドのグライダーに、私物をいくつかとりにいかなければ。これでこの話は、わたしにとって一件落着だ。おかげで、トペラズについて、そしてこの惑星における力関係について、すくなくともなんらかを学ぶことができた。ソム人の信頼も得られたようだ。それは、長い目で見れば、ひたすらわたしに有利に働くだろう。

あの謎めいたヴァイブルンを訪れるよう、ウフェラドを説得する方法は、遺憾ながら見つからない。それでもわたしには、ウフェラドのグライダーの操縦システムに場所を照会する機会があった。

地図がしめしたのは、監獄から四飛行時間ほどはなれた地域に位置する、かなりの大きさの複合体だった。工廠《こうしょう》か、その手の施設のようだ。地図上では〝ヴァイブルン〟と書かれている。それ以上の情報はない。ほかのあらゆるデータは暗号化され、暗証番号はわからないのだ。

場合によっては、匿名者から情報を聞きだしてもいい。だがまずは、実際に状況がおちつくまで待つとしよう。

オーダータップ、行方不明のグライダーに関するまったく個人的な見解を、おまえには話しておこう。パイリア人がなにかをもみ消そうとしていることは、すでに告げたとおりだ。ひょっとしたら、グライダーが盗まれたことを認めたくないのだろう。そのような短絡的考えは、ウフェラドもまた思いつくにちがいないと、おまえはいいたいのだな？　おそらく、ソム人も同じ結論にいたっただろう。だが、それをにおわせるようなことは、なにもいわなかった。パイリア人は、あらゆる事実のシュプールを巧みに消しさったというわけだ。

論理的に考えれば、ペリーとエイレーネがそのグライダーを奪ったのではないか。実際、ウフェラドもそうとわかったにちがいない。ひょっとしたら、秘密裡《り》に捜査させているかもしれない。あれだけの脅迫と見せしめにもかかわらず、移民が自分に対して完全には協力的ではないという前提から出発しなければならないのだから。

いずれにせよ、グライダーを奪ったのはペリーだとわたしは思う。それでなにをしようというのだ？　なにもできない！　あの原始的機体では、宇宙空間まで逃げおおせないだろう。つまり、まだトペラズのどこかにいるはずだ。機体はまったく役にたっていないということ。そして、法典守護者が正しい結論に達していたなら、グライダーがペリーの居場所を明かすことになる。

わたしは、はじめからこうなるとわかっていた、オーダータップ。逃亡はむだだったのだ。ソム人は、大きな影響力を持つ。この惑星から脱出するのは不可能というもの。

こうして、いつもの退屈な日常がもどってくる。わたしにのこされたのは安堵感だ。匿名者に感謝しなければ。

ファイル・ナンバー八、記録完了。

＊

三日前から、グライダーのあらゆるシステムのスイッチは切っていた。ごくわずかな散乱放射によって居場所を突きとめられることがないように。いまは監獄から五百メートルもはなれていない場所にいるが、ここでも密集した森が格好のかくれ場を提供する。食糧の心配は無用だ。機内から、さらに三日間は充分に持つ備蓄が見つかったから。

三日めの夜、ペリー・ローダンは通常通信機のスイッチをあえて入れてみた。散乱放射の到達範囲は、せいぜい二十メートルといったところ。高感度装置でさえ、ほとんど感知しないだろう。それでも同時に、ただちに出発できるよう、あらゆる準備をととのえる。

通信域はしずかだ。半時間後、ローダンは思った。逃亡者の集中的捜索はとうに打ち切られたにちがいない。

すでに、グライダーの技術装置をあらゆる点において熟知していた。ここでハイパー通信機が見つかるという希望は、一瞥しただけで打ち砕かれたもの。それでものちに、ハイパー通信シグナルを解読できる救難信号受信装置を見つけた。これにより多くは望めないものの、ローダンはこの待機時間を利用し、わずかな搭載道具で装置を改造する。受信装置は固定チャンネルふたつのみに……まさに救難信号周波のことだが……調整されていたため、これらを解除し、広帯域の信号を受信可能なように調整することが必要だった。信号内容の解読はいまもなお不可能だ。そのためには、しかるべき構成要素がこの装置に欠けているから。

だが、すくなくとも受信装置は、いまハイパー通信域においてそもそもなにか発信されているかどうかをしめすはずだ。そのために、ローダンはグライダーの屋根からアンテナをとりはずし、特定の指向性効果を見こめるよう調整したのだから。

「ひょっとしたら、われわれ、ついているかもしれない」かれは、受信装置をエネルギー供給装置に接続し、スイッチを入れると、つぶやいた。

エイレーネは、父から計画を知らされていた。トペラズのどこかにハイパー通信機が存在するとしたら、すくなくともおよその場所を突きとめることが可能だろう。

ローダンは受信感度を、近くの信号だけに反応するよう調整しておいた。〝近く〟とは、ほぼこの惑星全体をしめすと理解される。

二時間にわたり、受信装置はまったく反応をしめさなかった。ところがその後、発光ダイオードの帯が、強いインパルスをいくつかしめした。ローダンは、電光石火のごとくアンテナに手を伸ばし、何度もあちこちに回転させる。

これにより、信号強度はかなり変化した。受信装置の感度をさらに調整すると、最小限に反応する位置が特定される。その方向から、装置はもうエネルギーを受けていない。

ローダンは、信号がふたたび消えていくあいだに、かんたんな記録をとった。

「これが受信最小限の方向だ」と、娘に説明する。「つまり、送信機はそこから方位角九十度内に位置するはず。問題はただ、左右どちらに回転させるべきかということ」

テラナーは操縦システムのスイッチを入れ、入手したおおまかなデータをそこにあらわれた地図に転記した。パルパタルはといえば、すみに横たわったまま眠りつづけ、テラナーの必死の探索に関与しようとしない。

ある方向では、五百キロメートル圏内に位置し、ハイパー信号を発した可能性のある物体は、地図上に見あたらない。

だが、その反対方向では、四百五十キロメートルはなれた地点に表示がある。これにローダンは驚いた。そこでは二百平方キロメートルほどの地帯がハッチングされ、その横に赤い文字で〝封鎖領域〟とある。

考えるまでもなかった。このグライダーの持ち主だったパイリア人の移民にとり、タブーとされる領域にちがいない。

「おそらく、ソム人の司令本部か基地だろう」ローダンは推測を声に出した。「そこに向かうのは、きっと危険にちがいない。一方、ハイパー通信機が見つかるのはそこだけだというのは、論理的に思える。そして、われわれにはそれが必要なのだ、エイレーネ。なぜなら、友の助けなしにここトペラズを去ることはけっして可能ではないから。だから、この虎穴に跳びこむとしよう」

「すでにいったと思うが」眠っているように見えるアザミガエルが鼻を鳴らした。「頭がおかしくなったようだな、ペリー」

「きみは自由だ」テラナーが平然と答えた。「どこでも好きな場所に行くがいい」

「本気でいっているのではないだろう？　もちろん、わたしはいっしょに行く。あなたたちには目付役がいないと」

「それを聞いて安心した」ローダンはにやりとし、グライダーの自動操縦装置のコースをプログラミングした。目的地は、封鎖領域から数キロメートルとはなれていない。

真夜中すぎ、機体は出発した。

8

トペラズの島と海を見おろす夜間飛行は、なにごともなく進んだ。グライダーの探知装置によれば、この時間にまだ出動している機体はほんのわずか。それでも、そのうちの一機も近づいてくるようすはない。こちらの直線コースを変える必要はなさそうだ。

夜明け前、ペリー・ローダンは封鎖領域のはずれから八キロメートルほどはなれた山岳地帯に着陸。ここで夜明けを待つ。グライダーは、曲がっているが葉の生い茂る木々にうまくかくされていた。システムのスイッチは切ってある。近距離探知装置だけが、まだ作動中だ。正確なデータこそ提供されないが、ローダンには、十キロメートルほどはなれた地点の広大な敷地の上に、巨大な金属塊が存在するのがなんとなくわかる。

夜が明けてはじめて、機体から出た。いまや、はっきりとわかる。目の前には大きな谷がひろがり、地平線まで達する。ともかく、いつものようなバケツを引っくりかえしたような大雨ではないため、この封鎖領域の正体がはっきりとわかった。

直径十五キロメートルほどにわたる工廠複合体だ。どの建物も見るかぎり、住居というよりは製造所を彷彿《ほうふつ》させる。周囲の地面からは、あらゆる植物が除去されていた。その開墾地は、まだ比較的新しいように見える。この複合体全体は建てられてまだ一、二年か、あるいは、植物相に占領されないよう、だれかが配慮したのかもしれない。

もっとも、この巨大工廠がどのような意味を持つのかはわからない。一部は造船工廠を思わせるが、複合体全体のほかの区域はあまりに異様で、ありとあらゆる可能性が考えられる。

エイレーネは、父親のあとにつづき、

「わたしたち、そこの下から見られていると思う?」と、訊いた。

「おそらく、見られていないと思う」ローダンが答えた。「ここで生物はまだ見つからないが、そのかわり、ずっと重要なものを見つけた」

かれは腕を伸ばし、右半分に立つ巨大建造物の集合体をさししめした。エイレーネはその視線を目で追い、

「ハイパー通信アンテナだわ」と、きっぱりといった。

「そのとおりだ。つまり、信号はここから発せられたということ。それがなにを意味するか、わかるな。この建物が、われわれの次のゴールというわけだ」

「わたしはその考えに賛成できないわ」娘があからさまに反対する。

「ほかに方法がない。われわれには、援助が必要だ。工廠複合体はきっと、不法侵入者

に対して守られているにちがいない。それでも、なかに入らなければ。必要とあらば、力ずくでも」

「こんどはいっしょに行くわ。助けが必要になるでしょうから」

ローダンは、なにもいわない。エイレーネをただ探るように見つめるだけだ。

向こうから、大きな音が聞こえた。

「そこよ、ペリー！」エイレーネが、左側にならぶホールのあいだの空き地をさししめした。

その地面で巨大な蓋が開いた。蓋の一部がわきに滑り、上にかたむく。直径がすくなくとも一キロメートルの穴が数秒で生じた。いまもなお、生物の姿は見られない。

プラットフォームが下からせりあがってきた。その上には、ほぼ四百メートル四方の物体ふたつが鎮座する。

とはいえ、規則的なかたちではない。強いていえば、ポスビのフラグメント船に似ているかもしれないが、このたとえさえ、しっくりこない。

「あれはなに？」エイレーネが驚いたようすで訊いた。「この施設で、あの奇想天外な物体をつくっているのかしら？」

「そのようだな」ローダンもまた、この塊りふたつについて、なにもわからない。宇宙船の一部としては、あまりに不格好だ。駆動システム、エアロック、キャビンをしめすようなものはなにも見られない。「地上で使用するには、これらの金属塊はきわめて不適切だな。つまり、宇宙空間用ということ。とはいえ、その機能は不明だから、推測にたよるしかないが」

工廠都市の奥側から、巨大な反重力グライダーが近づいてくる。機体は、不規則な塊りふたつの上空でとまると、そのうちのひとつを不可視の牽引ビームで空中に引きよせた。さらに、巨大金属アームが謎めいた物体を機体に固定する。すると、グライダーは複合体の奥の、ここからは見えない場所に消えた。数分後、グライダーはなにも乗せずにもどってくると、ふたつめの塊りを同じ方法で運んでいく。

プラットフォームは地面に消え、開口部がふたたび閉まった。

ネットウォーカーふたりはさらに観察をつづけた。一時間後、似たようなことがほかの場所で起きる。とはいえ、異なる形状の、さらにちいさい製品四つだ。その輪郭から、まぎれもなく技術装置とわかる。ローダンはここでも、宇宙空間においてのみ使用可能な物体という結論にいたった。〝下側〟と思われる面が見られないから。

昼ごろ、ふたりは自分たちのグライダーにもどった。あらたな情報は期待できそうにもなかったから。それに、工廠施設自体はローダンにとり、さして重要ではない。ハイパー通信ステーションにいたるルートを見つけることが、なによりも重要だ。

ローダンが通常通信機のスイッチを入れ、チャンネル上で探しているとき、アザミガエルはふたたび眠っていた。実際、盛んに交信されている六十四チャンネルの束に、まもなく突きあたる。一部は映像通信だが、交換される情報のほとんどがロボットへの指示、あるいはロボットからの報告とわかった。

「工廠内の業務連絡だな」ローダンはしばらく、さまざまなチャンネルに聞き耳を立てたのち、結論づけた。「ただのルーチン連絡だが、そこからひとつわかることがある。ここは全自動化された施設だということ。映像通信に集中しよう」

ローダンは、きわめて単調に発信する一パイリア人を見つけた。

「部品十七・二。スタート。作業完了。欠陥は見られません」

返答は、べつのチャンネルからあるにちがいないが、すぐには見つからない。ローダンはさらにチャンネルを変え、ほかのパイリア人を見つけた。一種の監督役をになうようだ。とはいえ、きっとこの施設の責任者ではない。

「わたしの大好きな白キツネさえ賭けてもいいわ」エイレーネがいった。「ここでも、ソム人が背後にひそんでいるのよ」

「ならば、いささか慎重になろう」父親が応じた。「たったいま、パイリア人が報告した相手の言葉をいくつかとらえた。きみは、気にとめなかったようだが。その声は明るく、歌うようだった。これを聞いて思いだしたのは……」

ローダンは口を閉じた。チャンネルをあらたに切り替えたさい、まったくべつの姿が目に入ったのだ……背中に無数の棘がある、ヘルメットのついた金属製の鎧《よろい》が。

「エルファード人か！」ローダンが、歯の隙間から息を漏らした。「これはわたしも予想していなかった」

ローダンは、その男が指示をあたえるようすを追った。その内容から、この工廠都市の責任者だと明らかとなる。聞きとれるかぎりの答えから、ハリネズミ鎧の男がヴァイブルンと呼ばれているとわかった。とはいえ、この施設と製品の意味は、いまもなお謎のままだ。

ネットウォーカーふたりは、さらに数時間、工廠内の交信を追った。これにより、重要な情報は得られなかったものの、直接、目にしたさいに得た印象は立証された。この施設は、宇宙空間における利用を目的として建てられたのだ。

エルファード人ヴァイブルンが、この工廠の指導者ということ。それを補助する有機生物はおもにパイリア人だが、数がすくないため、重要な役割ははたしていない。

パルパタルが目ざめた。あらたな情報を知らされ、ローダンが今晩、エイレーネとともに工廠複合体に侵入するつもりだと聞くと、べちゃべちゃ声でこういった。

「それは、すでに寝ているあいだに考えた。わたしにきちんと別れを告げるのを忘れないでくれ。われわれ、もう二度と会えないだろうから」

ローダンは、球形生命体が本気でそういっているような気がした。その言葉から、悲しみのようなものが聞きとれた。

＊

ファイル・ナンバー九

こうなると予想していたか、オーダータップ？

思いもしなかったか？

だが、それは起きたのだ。わたしはすでに、いつもの日常がふたたびわが人生にもどってくることを受け入れていたのだが。

いまは時間がない。ウフェラドは数分後に出発するし、コラブは休みだ。療養休暇をとったと、ソム人がいっていた。あのパイリア人よりもわたしをそばに置きたいのだろう。ほとんどそんな気がする。あるいは、匿名者がふたたびなにか手をまわしたのか。

どうでもいい。わたしはすぐに出かけ、グライダーのエンジンをかけなければ。まったく問題はない。正反対だ。

すでにいったように、わたしには時間がない、オーダータップ。だから、かいつまんで話しても、悪く思わないでもらいたい。ウフェラドは、わたしにとほうもなく短い猶予をあたえたもの。すでに外は夜だ。わたしは、ふたたびパイロットになった。コラブが療養中だから。おまえにはわかるな。いっておこう、オーダータップ。わたしがかれの食事に植物エキスを混入したのだ。匿名者のおかげで、わたしはこうしたことが自由にできる。とはいえ、匿名者がわたしのもとにけっして音声視覚マスクをしてあらわれないのは、嘆くべきことだが。

それもまた、どうでもいい。

ナックはそこにいる。あらたな虜囚として連れてこられたパイリア人二名のせいで。尋問だ！　この二名は、ペリーやエイレーネやわたしとは出来が違う！　すでに折れたようだ。

かれらは口を滑らせた。その言葉はトペラズに降る雨よりも勢いがよく、より内容が豊富だった。二名は、グライダーが盗まれた移民の村出身だ。そこで実際になにが起きたかを、法典守護者に告げた。オファラーの歌声がそうさせたのだ。

つまり、グライダーが盗まれたらしい。ウフェラドがそういった。関連性は明白だ。逃亡中の虜囚……ペリー、エイレーネ、おそらくパルパタルも関与しているにちがいない。

グレート・マザーにかけて！　あのソム人は思っていたより上手《うわて》だった。最後の切り札をかくし持っていたのだ。オーダータップよ、おまえも蒼白になるくらいの。

とはいえ、かれにはちいさな弱点がある。わたしにすべてをいちいち話して聞かせることだ。イジャルコルにではなく！　わたしを、感情、思考、疑惑のはけ口に利用しているから。

いまは夜。われわれは、まもなく出発する。ウフェラドがそう告げた。準備はととのった。グライダーは下にある。わたしは秘密を洩らすような言葉をひと言も告げないだろう。わたし自身の、あるいはラオ＝シンの任務の秘密を。

時間が迫る。あの、心底憎い年老いたソム人がわたしを待っている。

ウフェラドは、上階の施設をふたたび作動させた。わたしを呼びよせる前に。ソム人たちは、技術とナックの援助により、消えたグライダーの識別標識を探しだした。ペリーとエイレーネが乗ると推定される機体の所在地を、突きとめたのだ。グライダーのコード発信機が反応した。探知は完璧だった。たいしたやつらだ。技術を掌握《しょうあく》している。

ペリーとエイレーネに警告すべきか？　警告するよう、匿名者にたのむべきか？　いや、オーダータップ！　わたしはなにもしない！　まったくなにも！

どうやって切りぬけるのか、お手なみ拝見といこう。

肝心なのはこういうこと。わたしはウフェラドをそそのかし、謎めいたヴァイブルンのもとに向かわせようとまでしたが、うまくいかなかった。わたしにはチャンスがなかったわけだ、オーダータップ。それゆえ、悪く思わないでもらいたい！　わたしは、自分たちの問題にひたすら集中するのみ。グレート・マザーから告げられた任務に。

この銀河を植民地化するという任務に。

この考えの背後になにか違うものがひそんでいるとは思わない。いや、オーダータップ、本当だ。

長く話しすぎたようだな。おまえは話を聞いてくれた。わたしは、なにをいおうとしたのか？　ウフェラドを憎んでいることか？　やつを殺したところで、べつの法典守護者がくるだけだから、殺すのは過ちだということか？

呼び出しシグナルが点滅している。

ペリーとエイレーネがネットウォーカーであろうとなかろうと、ふたりの成功を願うことか？　ひょっとしたら、わたしはまったく誤ったふるまいをしたのか。とはいえ、問題にとりくむかれらの姿勢は気にいった。たいした者たちなのだ、オーダータップ。われわれカルタン人には好ましい。それに勇気がある。なにかを賭けているのだろう。とりわけ、ペリーだ。あの冷静さときたら！　信じがたいほどのおちつきだ。すべてを確認し、吟味する。経験豊かなカルタン人さえ、そこからまだ学べることがある。

法典守護者のもとに行かなければ。光が点滅している。明確なシグナルだ。ナックが、パイリア人の虜囚二名にすべてを白状させたということ。

盗まれたグライダーは〝ヴァイブルン〟近くにあった。

ヴァイブルン！

オーダータップ、そこにまだなにかがかくされている。謎に満ちたもの、不可解なものが！

ウフェラドとともに現場に向かうことができてうれしい。グライダーの航空図には〝VB‐FHT〟とある。これはなにを意味するものか、オーダータップよ？　もちろん〝VB〟とはヴァイブルンのことだ。だが〝FHT〟とは？　紋章の門《ヘラルディシエス・トア》のことか？　それは〝HT〟でしかない。では〝F〟とは？　それが問題だ！　おまえは、わたし同様なにも知らないのだな。技術的にすぐれたマシンだというのに。わたしに答えることすらできないのか？

足音だ、オーダータップ。そろそろ、やめなければ。

頭がまだ完全に明瞭といえないのは認めよう。想定外の変化に非常に驚かされたから。もう、下に行かなければ。ウフェラドのもとに。攻撃をくわえたくてうずうずしているにちがいない。ようやくいま、逃亡者のシュプールをつかみ、グライダーの現在ポジションの座標を得たのだ。ペリーとエイレーネ、きみたちもこれで終わりだな。

オーダータップ、例の斥候はいまや口をつぐんでいる。わたしと匿名者との接点はなにか？　かれはナックだというのに。

なにが、わたしとかれとをつないでいるのか？

おまえは答えることができない、オーダータップよ。もしおまえが答えるなら、それはただの弁明にすぎないだろう。

もう行く、オーダータップ。行かなければならない。年老いたソム人ウフェラドがわたしを待っている。おまえはわたしの帰りをここで待て。わたしはかれを殺すつもりだ。そのさい、みずから命を落とすことになるとしても。わたしは、たいした存在ではない、オーダータップ。それでもカルタン人なのだ！

おまえはこれを、フベイの兄弟姉妹に語るだろう。すべての言葉を。すべてを。かれらに、わたしの考えを聞いてもらいたい。

完了だ、オーダータップ。法典守護者の特徴的な足音が聞こえる。わたしをみずから迎えにきたのだ。こう命じるために。

グライダーを飛ばせ！

服従せよ！

自分は法典守護者だ！

その言葉を、わたしはどれほど憎んでいることか！

耐えるのだ、シア・キュー＝キョン！　ひたすら耐えよ。

ファイル・ナンバー九、記録完了。

9

ペリー・ローダンとエイレーネは、パイリア人のグライダー内で見つけたいくつかの有用な品物で、ネット・コンビネーションの装備を補った。それでも、武器はいまもなおない。いずれにせよ、囚われの身となったあともコンビネーションが奪われなかったのは幸運といえよう。どうやら、ソム人にはこの服の価値がわからなかったようだ。

ネットウォーカーふたりは、二時間歩いたのち、封鎖領域のはずれに到達した。鋤《す》きかえされた帯状の地面でそうとわかる。方向の見当は問題なくついた。ロボット施設はもちろん夜間も動いているため、工廠は完全には暗くないから。

防御システムは、かんたんなエレクトロン柵のみだ。そのおもな目的はきっと、野生動物の侵入防止にちがいない。これを乗りこえるのは、ネットウォーカーふたりにとり、まったく問題ではなかった。

百メートル先から複合体の本来の建物がはじまる。ローダンはつねに、広大な工廠空間の影のなかを動いた。自分たちがたてる音を気にする必要はない。四方八方から、さらに地下施設からも轟音《ごうおん》が響いているから。

ハイパー通信アンテナのある塔が、はっきりと見えた。あれがゴールだ。そこに到達するには、まず複合体周辺に沿って動き、それから中心に向かわなければならない。ときおり、とまらなければならなかった。ロボット車輛が目の前を横切ったから。一度、一台の車輛に乗るパイリア人二名を発見した。それでも、そのほかは生気のない金属の景色がつづく。

通信装置のある塔が建つ区域は、騒音に関するかぎり、いささかしずかだ。ローダンとエイレーネは、いま最短距離でそこに向かう。目的の建物に侵入したさいも、だれにも妨げられることはなかった。

「すべてがあまりにうまくいきすぎる」反重力シャフトで上昇しながら、ローダンが告げた。エイレーネは、なにもいわない。

最上階でふたりは、シャフトを出た。ここではすべてが明るく照らされているが、生物もロボットもいない。円形ホールだ。そこにいくつかの開いたドアがならび、ドアと接する部屋には技術装置があふれる。

ローダンは、エイレーネをわきに引っ張った。物音が聞こえたのだ。声がはっきり聞きとれるようになるまで、音をたてずに壁に沿って動く。

「……きみは、ただわたしの任務をじゃまするだけだ、法典守護者。すでにいったとおり、逃亡した虜囚の面倒はきみ自身で見るべきだろう」

「エルファード人だ」ローダンがささやく。エイレーネは、うなずくだけだ。

「わたしは、もちろん防御システムを作動させる」と、さらに聞こえた。「「それにより、やつらの侵入を防ぐ。きみはいつここに到着するのか？」

「たったいま、出発したところです。一時間ほどで到着するでしょう。盗まれたグライダーを包囲するつもりです。こんどは容赦しない。危険なやつらだ。あなたはただ、工廠に侵入されないよう用心してください」

ローダンは、顔をしかめた。いまの言葉は、ウフェラドがこちらのグライダーを探しだしたことをしめす。それはパルパタルにとり、死刑宣告だ。エイレーネもまた、同じ結論にいたったようだ。

「急ごう」

ローダンは、エイレーネをもよりの部屋に引っ張りこんだ。そこから、さらに部屋をふたつ横切り、ようやくハイパー通信ステーションを発見する。

「わたしがやってみよう」ローダンが声をかけた。「見張っていてくれ」

もよりのネットの情報ノードのコードを入力。ただちに呼び出しがかかり、受信待機が確認される。一分間、救難信号を発信しつづけた。

それから、ローダンは通常通信機を作動させると、グライダーの受信機のチャンネルに合わせた。

「パルパタル！　ただちに消えろ！　こちらはペリーだ。ウフェラドが接近している」

アザミガエルは応答できない。通信装置をあつかえる状態ではないから。ローダンは、これ以上なにも手が打てなかった。

この瞬間、警報が建物じゅうに鳴りわたる。エルファード人の声が響いた。ロボットに指示をあたえている。建物を包囲し、侵入者を徹底的に探すようにと。

「罠にはまったのだ」ローダンがきっぱりと告げた。「だが、パニックになるな、エイレーネ。われわれにはまだ、いくつか切り札がある。必要とあらば、ネット・コンビネーションの技術装置を投入しよう。エネルギーの散乱放射により、われわれの居場所は明らかになるが、悲観する必要はない」

かれは、ふたたびハイパー通信機を操作する。十分間隔で一分間、救難信号を放射するようプログラミングした。この信号は方位探知シグナルとして利用されてしまうが、一方でそのハイパーエネルギー出力は、ネット・コンビネーションの散乱エネルギーをすくなくとも部分的におおうはず。

「行こう！」ローダンは娘の手を引き、出口に向かった。その先では、軒蛇腹《コーニス》が建物をめぐる。「われわれが屋外にいるとは思わないはず。あのヴァイブルンも、われわれがこのルートで逃走するとは思いもしないだろう」

コーニスは、幅一メートルに満たない。その上には、さまざまなアンテナが設置されていた。ていた。ローダンはこれを通りぬけてよじのぼり、エイレーネがあとにつづいた。ふたりのはるか下では、ロボットが集まっている。パイリア人たちの姿も確認できた。それでもコーニスは暗闇にまぎれ、発見される恐れはまったくない。

ローダンは、ハイパー通信機の作動時間まで待った。幸運な状況がふたりに味方する。数百メートルもはなれていない地点を、工廠設備の奇妙な部品を運ぶ大型反重力プラットフォームが通りすぎたのだ。

「あの牽引ビーム・フィールドは、非常に強力なものにちがいない」と、飛翔プラットフォームをさしめす。「それもまた、ハイパーエネルギーだ。いまなら、反重力エンジンを作動させてみても大丈夫だろう。わたしのうしろをつねにはなれず、暗闇にまぎれるのだ」

ふたりは最短距離でプラットフォームに向かい、運ばれる物体の隙間で身をかがめた。数分後、だれにも気づかれることなく、三キロメートル進んだ。輸送プラットフォームが着陸態勢に入ると、ふたりは飛び立ち、空き地に向かう。

工廠都市は、いたるところ照明されていた。ところが、この明るさをしのぐ光放射がある。グライダーを置いてきた山岳地帯からくるものだ。数秒後、爆発の衝撃波がネットウォーカーの耳にとどいた。

「ただ望むしかない」ローダンは工廠複合体の外に着地すると、いった。「アザミガエルに、手遅れにならないうちに警告がとどいているといいのだが。ウフェラドは容赦ない。われわれの機体は失われた。居場所を知られないためには、ふたたび歩いて移動するしかないな」

ふたりは、暗闇のなかを山脈に向かって急ぐ。工廠都市をかこむ空き地をいまもなお妨げられずに横切ることができた。それから、身をかくせる森に迎え入れられた。あと数時間で夜が明ける。そう長くは安全でいられない。ローダンには明らかだった。

＊

ハルト人には疑問だった。〝丸太〟の四光分圏内に近づくことに、これまでネットウォーカーのだれも成功していないことが。それゆえ、全長八十キロメートルほどのこの不格好な構造体は、相《あ》いかわらず、謎めいた危険そのものだ。四光分、それは魔法の境界のように思えた。その境界の向こう側は、どのネットウォーカーも完全に正気を失うほどの、巨大なプシオン性の圧力が支配する。

表面上、〝丸太〟は死んでいるように見えるが、そこにはなんの意味もない。これが人工構造体であるのは明らかだ。

イホ・トロトは、奇妙な物体がうつしだされる映像すべてをふたたび見つめた。ハルト人は《ハルタ》船内にいる。全長百二十メートル、幅二十五メートル、高さ二十七メートルのネット船は、わずか五万超光速ファクターの速度で、正確に〝丸太〟をめざすコースにあった。

トロトは、ハルト人のメタボリズムをあてにしている。周辺十光時にわたる宙域のプシオン・ネットを阻害するこの物体についてさらに調べるため、境界を突破したい。とはいえ、そのさい、個人的予想だけにたよることはなかった。

《ハルタ》の船首にあるのは、イホ・トロトの個室と主制御室だけではない。ここには、なんといっても複数のラボがあり、基地惑星サバルを出発する前に一連の計測装置をそろえてあった。考えうるかぎりのあらゆる超自然現象を記録するものだ。

ハルト人は比較的遅い超光速フェーズを使った。ふたたび全装置を点検し、作動させるためだ。入手したデータは保存される。サバルに帰還後、数日かけて分析を実行するつもりだ。これらのデータに、トロトは個人的予想よりも多くを期待していた。

メタグラヴ・エンジンはエネルプシ・エンジンにくらべれば性能が劣るものの、それでも確実にハルト人を〝丸太〟に近づけた。ここでは、エネルプシ・エンジンにたよるわけにはいかない。プシオン・ネットの障害がすでに深刻だから。

のこりの距離を球型搭載艇で翔破すべきか、考えがつかないうちに、四光分の境界に到達した。本船にとどまると決めて、それでもなお、搭載艇がいつでも出発できるよう準備をととのえる。

自動的に、十分の一光速まで減速した。出発前、飛行プログラミングにそう設定しておいたのだ。《ハルタ》は、三光分の距離まで〝丸太〟に近づくと、自動的に引きかえすだろう。〝丸太〟のはなつ放射の影響はひろく知られている。ハルト人は正気を、あるいは意識を失う恐れがあった。

《ハルタ》は、おもむろに宇宙の暗闇を進んでいく。トロトは、シートによりかかった。大きな手四本は、からだの上に置かれている。かれは意識を大きく開いた。

制御コンソール上のシグナルが、あらゆる瞬時値と、とりわけターゲットまでの距離をそのつどしめす。

まず計画脳が、放射の影響によるなにかを感じたようだ。トロトは確信した。自動表示された数値を読みとるさい、過ちをおかしたにちがいない。一方で通常脳は、この過ちを認識することが充分に可能だ。

いまや、肉体的圧力も感じた。からだを巨大な塊りに圧迫されている気がする。これはただの幻想にちがいない。意識を集中させ、ようやく圧力がいくらかやわらいだ。まったく消えうせはしないが、耐えられるほどに弱まっている。

ついに、《ハルタ》は〝丸太〟に三光分まで接近した。ハルト人はいまもなお、不可視のエネルギーの奔流に抵抗していたが、ネット船が自動的に引きかえす。船はますます加速し、ふたたび十二光分まではなれると、相対的に静止。

ハルト人は、実験室に駆けこんだ。入手データの確認は、大まかにのみ可能だ。分析装置はサバルにあるから。データ記憶装置は、五分の一まで満たされている。これはすでに期待以上の成果だ。装置はまだ作動状態にしておく。さらに〝丸太〟に接近すると決意していたから。

司令室で、こんどは《ハルタ》が〝丸太〟に二光分まで接近するよう、飛行データをプログラミングした。いまの経験によれば、これはたいした危険を冒すことにならない。ふたたび〝丸太〟から四光分はなれたポイントにある想像上の境界をこえたら、十分の一光速に減速するようにしておく。

頭の圧迫は、こんどはやや容易にがまんできた。すでに脳がどうにか慣れたようだ。トロトは、ふたたびシートに腰をおろした。自動機能が導くあいだ、船はほかの制御命令を受け入れないだろう。プログラミングされた飛行の一部であり、ボタンを押しこむことで容易に作動可能な緊急停止はべつとして。

三光分の境界をこえると、プシオン性の力がたちまち強まった。トロトは計画脳を完全におさえなければならなかったが、ほとんどうまくいかない。目の前で、色とりどりの光が舞う。制御フィールドの表示が、あちこちに跳びまわった。意識が、データをデータとして認識しないのも、なにも読みとることができない。

だ。すべてが動いて見える。

ただの錯覚だ。イホ・トロトはそう思いこもうとしたが、たいして助けにならない。

突然、頭が耐えがたいほど圧迫される。目が見えない。存在しない過去の記憶が意識に押しよせた。腕がだらりとわきに垂れる。

口が開き、悲鳴が漏れた。それにより、数秒間、意識をとりもどす。もうなにも見えないものの、前方を手で探った。緊急ボタンに触れた気がした瞬間、それを押しこむ。

自動装置の声がなにかを告げるが、ハルト人はその言葉を理解できない。

すると、不気味な現象がたちまち消えた。知覚能力がもどってくる。トロトはデータを調整した。

〝丸太〟に二光分半まで接近したのだった。そのさい、自分で緊急停止ボタンを押しこんだにちがいない。正確には思いだせないが。

〝丸太〟から遠くはなれたところで《ハルタ》を相対的に静止させた。実験室のデータ記憶装置を確認する。驚いたことに、たった半光分さらに近づいただけで、ほぼ十倍の計測値が保存されていた。それだけでもすでに、二回めの飛行をした甲斐《かい》があったというもの。

ふたたび、完全に体調がもとにもどったと感じるまで、さらに数分待った。幸運にも、あとにのこる不快な気分はわずかだ。どうすればさらなるデータを入手できるか、考えてみる。自分自身は安全な距離をたもちながら、計測装置の一部を球型搭載艇にうつし、これを〝丸太〟に向かって飛ばすことはできよう。あるいは、その逆の方法も可能だ。母船は搭載艇から遠隔操作できるから。とはいえ、そのような試みの危険性は非常に大きい。〝丸太〟にさらに接近したさい、いつか障害におちいるのは明らかだから。

イホ・トロトは、まず入手したデータを分析するため、いったんサバルにもどることにした。

《ハルタ》を発進させようとしたとき、プシカムが作動した。ジェン・サリクだ。

「ペリーの救難信号を転送します」もと深淵の騎士が挨拶なしで告げた。「ペリーとエイレーネが一大事のようです。受信後に実行した方位探知の座標も送りますよ」

「ローダノスとエイレーノスが危険だと？」ハルト人はたちまち〝丸太〟の件を忘れた。数秒後、サリクから転送された情報を確認する。

「いま行くぞ」イホ・トロトはとどろくような声をあげた。

最大四億超光速ファクターで飛行可能な《ハルタ》のエネルプシ・エンジンが作動する。数秒後、船は疾駆した。

10

午後遅くまで、ペリー・ローダンとその娘は、何度も追跡者と捜索者の裏をかくことに成功した。ローダンは、可能なかぎり追っ手が予想もつかない場所に向かうという、いまもなお定評ある方法をとっている。実際、それが工廠都市ならば、危険があまりに大きすぎるように思えた。

その結果、ふたりは徒歩で湿った森を苦労して進み、さらに高い山脈地帯に向かった。空には、ありとあらゆる種類の機体があふれかえっている。それでも、ネット・コンビネーションのシステムは完全にスイッチを切ってあるため、エネルギー・エコーがふたりの居場所を明かすことはない。

ついに、森のはずれに出た。石だらけの山腹が見える。そこにひろがるのは、低い藪だけ。これでは掩体にならない。

「これ以上登るのは、無意味だな」ローダンが口を開いた。「きっとすでに二十キロメートルは進んだはずだが、それではあまりにわずかだ。その上に、入り組んだ岩場がある」そう告げ、ななめ上をさしめした。「いいかくれ場になるだろう。それでも、開けた斜面を日暮れ前に横切るわけにはいかない」

エイレーネは、森のはずれの地面に腰をおろした。疲労の跡が色濃く見える。

「助けはいつくると思う？」娘が訊いた。

「答えるのはむずかしいな。それはひとえに、だれがいつ情報ノードを確認するかにかかっている。ルーチンでは数時間ごとに確認するはずだから、善意の宇宙船はとうにここにいるだろう。問題は、まったくべつのことだ。ひょっとしたらすでに、だれかがこの惑星に到着したかもしれない。とはいえ、身をひそめているわれわれを、どうやって見つけろというのか？　われわれが合図を送ったなら、それがどのようなものであれ、まずソム人とその猟犬の群れに見つかるだろうし」

ふたりは、ふたたび森のなかにもどった。というのも、付近にあらたなグライダーが出現したから。四機が頭上を飛んでいく。

ローダンは、頭がうずくのを感じた。本能が反応し、ネット・コンビネーションの個体バリアのスイッチを入れる。ところが、エイレーネの反応は遅すぎた。地面にくずおれ、息苦しそうにあえいでいる。

麻痺放射だ！　テラナーの脳裏をかすめる。いまや、防護服の散乱エネルギーによって居場所を明かしてしまった。

グライダーが遠くはなれるまで、数分間待つ。それから、エイレーネの個体バリアのスイッチを入れた。いまとなっては、エコーは多かれすくなかれ重要ではない。娘は意識を失っている。ローダンは、彼女を腕に抱きかかえた。

反重力装置を作動させ、開けた斜面を横切る。あらかじめ目星をつけておいた岩のくぼみに向かった。そこに直接つづく入口は、どうやらなさそうだ。

巨大な岩塊のあいだの、直径二十メートルのくぼみに着地した。意識を失った娘を慎重に横たえる。それから、ネット・コンビネーションのスイッチを切った。

すでに夕闇が迫っている。一時間後には、あたりは暗闇につつまれるだろう。この一時間に生死がかかっているわけだ。ローダンはエイレーネとともに岩のあいだにかくれた。それでも、外を自由に見わたせるよう、配慮する。岩のくぼみの下では、山壁が垂直に五十メートルほどつづいていた。これにより、たしかに絶好のかくれ場を見つけたものの、さらなる脱出の可能性を完全に奪われたことになる。

数分がゆっくりと過ぎた。

そして、かれらがやってきた。

すくなくとも二ダースのグライダーの集団が谷からうなりをあげる。ローダンは、いちばん前の、上部が開いた機体に乗るツム人のウフェラドに気づいた。かたわらには、エルファード人の姿もある。追跡者たちは、どこにターゲットがいるのか正確にわかっているようだ。つまり、ネット・コンビネーションの散乱放射がふたりの居場所を明かしたということ。きっと、法典守護者はナック数名を随行させていて、このシュプールをたちまち分析したにちがいない。

驚いたことに、ウフェラドはふたりの正確な位置を突きとめようとは思いもしなかったようだ。グライダーのいくつかのエネルギー兵器が、あてもなく岩塊全体に向かってビームをはなつ。それでも、ローダンが防御バリアのスイッチを入れるだけの時間はあった。それから、岩のくぼみのもっとも奥の角までエイレーネを引っ張っていく。

ビームによって岩肌からそぎ落とされた岩塊が、音をたてて谷底に転がりおちた。目の前に、もうもうと塵雲がたちのぼる。夕闇のなか、エネルギー・ビームの音がはげしく鳴りひびいた。

ビーム放射が数分間つづく。数回は直撃されたものの、ネット・コンビネーションの防御システムが、かれと娘を守った。もちろん、これにより、居場所がさらに探知された恐れはあるが。

ようやく、静寂がもどってきた。土埃《つちぼこり》がたちまち消える。ローダンは、電光石火のごとく防御バリアのスイッチを切った。エイレーネがからだを動かし、目を開ける。困惑しながら周囲を見まわしていたが、父親から指を唇に押しあてられ、なにもいわない。

ウフェラドの声が聞こえた。ソム人は、飛行可能なロボットを送りだし、逃亡者の遺体をもとめて岩の山腹全体を捜索させている。

「きっと、身動きがとれなくなるだろうな」ローダンがささやいた。「ソム人があれほど怒り狂って発砲してこなければ、降伏するつもりだったのだが。どう思う？」

エイレーネは、かぶりを振った。

飛翔ロボットが、外を横切っていく。グライダーは、すでに反対側の森のはずれに着陸していた。ローダンが顔をあげると、ソム人の姿が見えた。機体を降りたところだ。

「降伏しよう」テラナーが決断した。「そうすれば、まだ生きのびるチャンスがある」

父親は、エイレーネを助け起こして立たせた。岩の瓦礫《がれき》を通りぬけ、岩のくぼみのはずれに到達する。

「われわれはここだ、ウフェラド！」テラナーが叫んだ。「降伏する」

ソム人が、前方へ一歩跳びだし、

「発射！」と、叫んだ。「ようやく、この虫けらどもとおさらばだ」

「いまいましい！」ローダンが歯の隙間から声を押しだす。「われわれを殺すつもりだ。こうなるとは思わなかった」

エイレーネがふたたびまともに反応した。ローダンが個体バリアのスイッチを入れたのを見て、これにならったのだ。エネルギー束が向かってくる。ネットウォーカーふたりは、すばやく岩のくぼみの奥にもどった。

武器が沈黙する。ソム人はようやく、逃亡者ふたりが効果的な掩体の陰にいるとわかったようだ。ふたたびなにかを叫ぼうとするが、そこで予想外の出来ごとが起きる。近くの木の上から、グリーンの球体が落ちてきたのだ。

アザミガエルのパルパタルである。

奇妙な存在は、文字どおり、ソム人の頭の上に落下した。それからの展開は急すぎて、ローダンがすべてを把握できなかったほど。パルパタルが爆発したように見えたのだ。からだが溶け、湯気をたてる液体と化し、法典守護者をつつみこんだ。アザミガエルが悲鳴をもうひとつあげると、液体はもうもうと煙をあげながら蒸発していく。数秒後、ソム人もパルパタルも、あとかたもなく消えた。

「またもや、わずかながらも執行猶予がついた」テラナーがうなった。「ちいさな友が身を挺《てい》してくれたのだ」

エルファード人がたちまち指揮権を引き継ぎ、法典守護者の役割をはたす。グライダーの重火器がふたたび吠え、飛翔ロボットが群れをなしてこちらに向かってきた。

「おしまいだ、わが娘よ」ローダンが告げた。

エイレーネが父親にしがみつく。

岩のくぼみのはずれに、ロボットが出現し、ふたりに集中砲火を浴びせた。ネット・コンビネーションの防御システムが崩壊するのも時間の問題だ。

「上昇しよう。すぐにここを出るのだ！」ローダンが娘に向かって叫ぶ。ところが、そうするにはいたらなかった。

巨大な人影が、ロボットのまっただなかに飛びこんできたのだ。あまりにすばやく動くため、ローダンは一瞬、それがだれだかまったくわからなかった。ロボットを次々と粉砕するハルト人の咆哮《ほうこう》で、ようやく友だと知る。

反対側で攻撃が強まった。それでも、だれかがこれに応じる。ローダンが、トロトのそばに駆けつけると、友は無言で大型インパルス銃を手わたした。

数メートルはなれたところに、《ハルタ》の球型搭載艇が浮かんでいる。その自動装置が、エルファード人のグライダーを破壊した。

イホ・トロトは、一秒たりとも躊躇しない。ふたりをつかむと、搭載艇の開いたエアロックにかつぎこんだ。それから踵を返し、エルファード人に向かっていく。生ける爆弾のごとく、パイリア人、ロボット、グライダーの群れに跳びこんだ。

ヴァイブルンが撤退しようとする。ローダンは、開いたままのエアロックからこれを見ていた。グライダーがあらゆる方向に散開していく。これで、さしあたりの危険ははらいのけられたわけだ。

イホ・トロトが、搭載艇にもどってきた。無言で友ふたりを抱きしめながら、巨大な歯をむきだしてみせる。

「ひさしぶりだよ、大きな友よ」ローダンがいった。「きみの登場がこれほどうれしかったのは」

「われわれ、まだ安全ではない」ハルト人が声をとどろかせて、スクリーンをさしめすと、「ゴリム・ハンターだ。軌道上にある《ハルタ》が、これらのすばしっこい小型船を探知した。急がなければ」

球型搭載艇は、たちまち上昇した。大気に阻まれ、速度が思うようにあがらない。そこでトロトは、母船を誘導して途中まで迎えにくるようにさせた。搭載艇を《ハルタ》の上側にすばやく係留すると、ふたたびネットウォーカーふたりをかかえ、司令室に駆けこんだ。

そこで、メタグラヴ・エンジンを最大出力に切り替える。同時に、あらゆる防御バリアを作動させた。

「わたしはゴリム・ハンターと一戦まじえる気はないからな」ハルト人がとどろくような声をあげる。「それに、さらなる援軍がくると覚悟しておかなければ」

《ハルタ》は攻撃者の炎につつまれた。それでも、ネット船は問題なく耐えられる。ハルト人は、発砲の報復をするのはあきらめた。

メタグラヴ・エンジンが、凪ゾーン内に《ハルタ》を確実に導く。追跡者は、たちまちコンタクトを失った。

その後、センサーが最初のプシオン・ネットに反応する。トロトはエネルプシ・エンジンに切り替え、自動操縦装置にサバルの座標を入力した。

「数分後には、帰還できる！」ハルト人が笑い声をとどろかせる。「次の旅行のさいは、わたしを連れていってもらうぞ、ローダノス！　エイレーノスをこのような危険にさらすわけにはいかないからな」

テラナーは応えない。それでもトロトは、友の目から無言の感謝の意を読みとった。

ローダンは、すわる場所を探した。

「なにを考えているの？」エイレーネがそばに腰をおろすと、訊いた。

「パルパタルのことだ」ローダンが応じた。「われわれのために犠牲になった。実際、それにより得た三十秒のおかげで、われわれは死をまぬがれたのだ。奇妙なやつだったが」

「最初から、わたしはかれが好きだったわ」エイレーネが告げた。「パルパタルはたしかにひどく風変わりだったけれど、サバルの白キツネとどこか似たところがあった」

「あの奇妙な工廠についても考えているのだよ、エイレーネ。実際、なにがつくられているのか。遺憾にも、工廠自体を調べる余裕はまったくなかった。きっと、なにか重要なものにちがいない。莫大な費用がかかっているはずだから」

エイレーネは無言でうなずくだけだ。ローダンはつづけた。

「そして、あのシアコンのことも。かれはカルタン人なのか、違うのか？　それについても、なんの答えも得られなかった。いずれにせよ、あの生物がトペラズないしシオム・ソム銀河にいるのはきわめて奇妙だ。実際、かれがいったとおりになることを、ほとんどわたしは望んでいる。つまり、再会できることを」

やがて、惑星サバルが眼下にあらわれた。こうして、エイレーネの緊張した表情がようやくゆるんだ。

＊

ファイル・ナンバー十

ふたたびわが監房にもどり、ここに腰かけている、オーダータップよ。二日間かけて、この事件の全容について熟考してみた。いままで、おまえに話しかけなかったことを悪く思わないでもらいたい。ただ、その気になれなかっただけだ。それに、まずはこのあらたな状況と変化に順応しなければならなかった。たとえ、ただのちっぽけな記憶装置だとしても、理解してもらえるだろう。わたしには、おまえしかいないのだから。

たしかに、おまえは好奇心が強い。なにが起きたのか知りたいだろうな。わたしが実際にウフェラドを殺したのか、知りたくてたまらないはず。わたしは殺していない。その必要はなかった。これで安心したか？　よかろう。それなら、まずはいま、このトペラズの監獄がどのように見えるか、聞かせよう。

ここには、あらたな管理者がきた。もちろん、ソム人だ。とはいえ、この者はどうやら、法典守護者の地位にないらしい。寡黙で、そう、ほとんど頑迷といえる。紋章の門のナックと接触する習慣もないようだ。

トペラズのあらたな法典守護者としてべつのソム人が任命されたことは、公的に知られている。わたしは、権力の分散という印象を持った。新任の法典守護者は、ここにはいない。監獄を管理するのは、トペラズの運命を導く者とはべつの者というわけだ。

わたしとしては、自由の大部分を失ったという点が遺憾でならない。もうこれまでのように、独房の外には出られない。それでも匿名者は、いまはただようすをうかがっているだけにちがいない。まず、あらたな管理者を探っているのだ。きっとそのうち、わたしを手助けする方法を見つけるだろう。

ウフェラドは卑劣な男だった。その後継者も、ましな印象とはいえない。それでもわたしは、新任者のもとでやっていかなければならない。コラブもしかり。あのパイリア人は、わたしがかれの楽しみを文字どおりだいなしにしたとは思いもしないだろう。

ウフェラドは死んだ。その死を悼みはしないが、わたしが殺したのではない。年老いたソム人は重大な過ちをおかしたのだ。ペリーとエイレーネから防護服を奪わなかったのだから！　それはまさに、逃走と生存をかけたふたりの戦いを成功に導いた技術装置だったわけだ。

ウフェラドとその従者は、なにも気づかなかった。ひょっとしたら、ナックは知っていたのかもしれない。あの防護服はエネルギー供給とすぐれた技術装置を搭載するものだから。ナックは、それに気づいたにちがいない。わたしはそう思う。それでも、かれらは黙っていた。確信がなかったから？　あるいは気まぐれから？　わたしにはわからない、オーダータップ。

ウフェラドは、その代償を支払うことになったのだ。あまりに残忍な男だったから。かれがくりかえし、攻撃命令を出したとき、わたしはグライダーを急発進させた。たんに法典守護者を跳ねとばそうとしたのだ。あの瞬間、それ以上の名案は浮かばなかった。とはいえ、そうするにはいたらなかったが。

あの眠れる球体パルパタルのおかげだ。かれがどうやってそれを可能にしたかは、グレート・マザーのみぞ知る。わたしがとうに推測していたとおり、かれはペリーとエイレーネと手を組み、行動をともにしたわけだ。ただし、結果はまったく違った。かれはみずから、ウフェラドの頭上に落下したのだ。

そして、本来のからだの構成物質を放出した。ヴァイブルンが〝ハイパー酸〟と名づけた物質を。

パルパタルがどうやって独房を抜けだしたのか、いまとなってはわたしにもわかる。

自分の物質を使ったのだ。かれは老ソム人を葬った。わたしがやり遂げようとしたことを、したわけだ。感謝しなければならない。パルパタルがいなければ、わたしはいまごろ、この独房ですわっていられなかったから。つまり、〝斬首刑〟だ！

こうして、わたしはふたたび命拾いした。ほとんど自制心を失うところだったが。

これは歴史的事件となるだろう、オーダータップよ。ほかにどういえばいいというのだ？　もっとも、わたしがなにをいってるのか、おまえにはわからないはず。ヴァイブルン、わたしはその名を口にしたことがある。奇妙な存在だ。ハリネズミ鎧に身をつつんでいる。かれが責任者をつとめる工廠都市は、ウフェラドのグライダーの操縦システムにも記録されている封鎖領域のこと。〝ＦＨＴ〟だ！　おぼえているか？

わたしは、その施設を見たことがある。分析の結果、判明したのだが、ペリーとエイレーネはそこに行ったようだ。おそらく、仲間である四本腕の巨人に救難信号を送る方法を、そこで見つけたのだろう。

そう、おまえが聞いたとおりだ、オーダータップ。わたしの推測はまちがっていた。ペリーとエイレーネは脱出に成功したのだ。もうここにはいない！

去ったのだ！

そして、ウフェラドはパルパタルのからだの酸によってみじめにも溶かされ、地面にしみこむように消えた。

おまえに話しておかなければならない。わたしはなぜか、あのふたりに共感をおぼえる。おまえをフベイのカルタン人たちにこっそり送ることができたなら、かれらにもこのことを伝えてほしい。それでも誤解するな、オーダータップ。これは、むしろ理性によって生じた共感なのだ。匿名のナックの場合とはまったく異なるもの。かれとわたしは、より密接につながっている。とはいえ、この関係はわたし自身も理解できない。なにかがあるにちがいない。なにか非常に深い、調和を呼びさますものが。これにふさわしい言葉は存在しない。それゆえ、描写することも説明することも不可能だ。

思うに、オーダータップよ、この内なる関係は長つづきするはず。匿名者はまだ、監獄のあらたな管理者とトペラズのあらたな法典守護者のようすをうかがっている。そのうち、わたしをふたたび助けてくれるだろう。現在、いずれにせよ、わたしは独房から出られず、いかなる情報も発信できない。可能なのはただひとつ、おまえをわが心の涙の道具として利用することだけだ。

ペリーにおまえを託したほうが賢明だったと思うか？　そうだな、オーダータップ、それも完全にまちがいとはいえない。それでも、わたしにチャンスはなかった。状況は、あまりに不都合だったから。パイリア人看守コラブがふたたび元気になっていたにもかかわらず、ふたたびそのかわりをつとめるのが許されたことで、わたしはついていた。それによってのみ、ペリーとエイレーネにあのような仲間がいると知ることができたのだから。

あれは、生ける砲弾だった。活力そのものだ。恐怖を呼びおこす外見だが、共感をおぼえた。

そうだ、オーダータップ。いまごろペリーは、わたしがカルタン人かどうか、考えあぐねているだろう。ひょっとしたら、工廠都市の目的と用途についても思案しているかもしれない。わたしもそうだが、オーダータップ！

それでも、ペリーとエイレーネは知らない。わたしが依然として、とてつもなくおろかであることを。ふたりがネットウォーカーなのかどうか、わからないのだから。ネットウォーカーが本当に存在するかさえ、知らないのだ。永遠の戦士イジャルコルが、このネットウォーカーなるものを、架空の敵として創造したとも考えられる。敵という観念は、攻撃者にとって非常に重要なものだから。

わたしが手を貸したのは、敵だったのか？　ペリーとエイレーネが？

わたしは、ウフェラドを助けたことになるのか？　わたしは、かれのグライダーを操縦した。あの法典守護者が高慢ちきだと知っていたのに。

グレート・マザーは、なにを望んでいる？　わたしは、すべてを知っているのか？

ウフェラドは、わが敵だったのか？　かれのことが大嫌いだった。とはいえ、この憎しみは、かれの品位なきふるまいから生じたものだ。

そもそも、わたしには敵がいるのか？

敵が必要なのか？

いや、オーダータップ！　ノーだ！　何千回だって否定する！

中断。

ペリーに再会できると思うか？　思うのか？　おまえがうなずくのが見えたぞ、オーダータップ。感謝する。わたしに必要なのはおまえだ。ちっぽけな、永遠に沈黙する記憶装置よ。おまえは、ただ耳をかたむけるだけ。ときには返事が聞きたいものだが。

われわれはカルタン人だ。フベイのラオ＝シン。われわれは何者で、なにがしたいのか？　オーダータップ、わたしは機械のなかのちっぽけな歯車のひとつにすぎない。すべてを知るわけではない。工廠のことも、ペリーのこともわからないのだ。

いつの日か、かれと再会できるだろうか？

おまえは、なにもいわない。それでも、おまえの光ダイオードがすこし明るさを増した。これをイエスだと理解する。

ノーなのか？

わたしを不安がらせるな。わたしにはおまえしかいないのだ。

おまえはそこに存在する。そして……

オーダータップ！　なにをした？　わたしがなにをいま読んでいるか、わかるか？

もちろん、おまえにはわかっている。それはおまえ自身が発したものだから。
読むぞ。
〝イエスです、シア・キュー＝キョン〟
返事をしたのか！　すばらしい！　ほかにも、なにかいってくれ！　どうか！
〝ペリーが……〟

被告人ブル

アルント・エルマー

登場人物

レジナルド・ブル（ブリー）……………《エクスプローラー》指揮官
ストロンカー・キーン……………………《エクスプローラー》乗員。首席メンター
ボニファジオ・スラッチ（ファジー）…………同乗員。ブルの副官
パーラン………………………………同乗員
ガムトサカ兄弟…………………………ガヴロン人。商人
シェマティン……………………………エルファード人。弁護士
トゥルポル………………………………同。裁判長
メグラマト………………………………同。首席検事
ヴォルカイル……………………………同

1　惑星ムアントク

ボニファジオ・スラッチは心のなかでいった。ファジー、このばかめ。それどころか、とてつもないまぬけだ。まったく役にたたないなら、なんのためにその賢さをあたえられたのだ？　こぶしを握って、自分の額をたたいてみろ。そうすれば、こういった場合、奇蹟的なひらめきがあるかもしれない。

〝奇蹟的〟だと！　はん！　奇蹟など、くそくらえ！　もう、うんざりだ。奇蹟と聞いて思い浮かぶのは、力の集合体エスタルトゥの奇蹟くらいだが、自分から見れば、とにかくアンズタケ一本の値打ちもない。

アンズタケのことを思い浮かべ、一瞬、華奢《きやしや》なテラナーの気がそれた。額をたたこうとして振りあげたこぶしを、ふたたびおろす。しなやかなヴィールス・セランのヘルメットは閉じたままだ。それでも、弾力のあるヘルメット・ヴァイザーにぱらぱらと降りかかる音から、自分がおよそ安全な状況ではないとわかる。

「ブリー！」スラッチは叫んだ。「どこにいるので？ わたしには、みんなの姿がもう見えません！」

返答のかわりに、ひずんだ音だけがとどく。周囲には砂嵐が荒れ狂い、視界と機動性が奪われていた。このような状況では、スラッチはいつもとほうにくれてしまう。それゆえ、可能なかぎり危険を回避してきたのだ。かれはつねに、簡潔にまとめたモットーにしたがって生きてきた。それは、〝豪勇果敢なゆえに命を失った者の話はすでにたくさん聞いたが、臆病者はたいていぶじに助かる〟というものだ。

自分の臆病風があまりに強まり、この恐ろしい場所からただちに消えてしまえるといい。その願いが叶《かな》うよう望んだものの、むだだった。あきらめの吐息をつく。その場にただすわりこみ、腕組みしながら、自然界の力とおぼしきものにじっと耐えた。周囲では砂嵐が荒れ狂い、自然の力がかれをつつみこむ。

砂嵐もやがてやむだろう。スラッチはそう高をくくっていたが、からだを見おろし、気づいた。臀部《でんぶ》と両脚が、赤みがかった地面の上に、見落としようのない帯状の跡を描いている。砂嵐に連れさられているのだ。その力がますます強まると同時に、どんどんからだが軽くなった。ヘルメット・ヴァイザーの奥で、横幅のある口がさらにひろがり、大きな目は眼窩《がんか》からわずかに飛びだす。並みはずれてでかい鼻がかゆくなった。ヘルメットを開けて、鼻を掻くことができるなら、なんでもしただろう。

だが、スラッチにはそうするだけの勇気はない。潜在意識の声に耳をかたむけると、自分が不安に駆られているとわかる。

どこからか、ひずんだ音が耳に押しよせた。

「ストロンカーか？」期待に満ちて訊いてみる。同時に、地面との接触が失われ、からだがなかばかたむきながら浮かんだ。ますますバランスが失われていく。からだが限界までかたむき、まもなく逆さまになった。

《エクスプローラー》指揮官の副官であるボニファジオ・スラッチは、自信の最後のひとかけらをかなぐり捨て、目を閉じた。

「助けて！」押し殺した嘆息を漏らす。「いいかげんに助けてくれ！　あわれな老テラナーを見捨てるつもりか？　聖なる母テラよ、なぜ、この前途有望な息子をあなたの庇護のもとから去らせ、あてにならないヴィールス船に身をゆだねさせたのか？」

くすくす笑いが響いた。いたるところから聞こえてくる。目を見開き、笑い声の源を突きとめようとした。いまもなお、砂がヴィランに当たる。

「ポテア！」とどろく声がソタルク語でいった。「ポ・ポテア！」

ポテアとは〝消えてなくなる〟という意味だ。ポ・ポテアとくりかえせば〝永久に消えてなくなる〟と強調する意味になる！

「やめろ！」スラッチはせっぱつまって、叫んだ。

「わたしは、ボニファジオ・スラッチ、ヴィーロ宙航士でテラナーだ。ヴィールス船の乗員だぞ！」

「トシン！」声がとどろいた。突然、からだが前に引っ張られる。数回、宙返りすると、地面にななめに落下した。左肩が、もろく柔らかい地面にはっきりした跡を描く。

スラッチはうなった。異生物が喉を鳴らし、声が不明瞭なつぶやきに変わる。それから、ふたたび言葉を発した。その声にはまぎれもない非難がこめられている。

「トシン！」

立った状態で身長一・六八メートルのテラナーは、可能なかぎりちいさく目立たなくなろうとした。圧倒的な力が、つねに惑星の地表に沿って連れさろうとする。道はかぎりなく遠く思え、思考がとんぼ返りする。意識を遮断しようしたが、部分的にしかうまくいかない。バランス感覚はすっかり失われ、どれだけ時間が経過したかわからない。

やがて、上下の区別がつかなくなった。砂だらけの天井に押しつけられ、それに沿って滑っていくような気がしたと思うと、こんどは垂直の壁を猛スピードで落下していく。苦難ははてしなくつづくように思えた。ヴィランのおかげでからだはぶじなものの、古めかしい印刷機に入れられ、からだから空気が押しだされていくような感じだ。

突然、すべてがしずまった。からだの圧迫感が消え、砂の渦は崩れさり、ちいさな丘となって周囲に散る。スラッチは疲れはて、身をよじって地面に横たわった。自分は死んだのだ。もうアンズタケを味わうことはできないだろう。それが実際、残念でならない。そう思った。

次の瞬間、まだ生きていると確信する。ふたたび、猛烈な勢いで恐怖心が強まった。まだまだ決着がついたわけではないらしい。どうやって、なぜこうなったのか、自問するのは不可能だ。ひたすら自身を観察し、ぶじだとわかりほっとする。動揺だけが消えない。深く息を吸ってみる。

「ポ・ポテア！」異生物の声がとどろいた。スラッチは、方向の見当をつけようとして気づく。砂の上にうつぶせになって横たわっていた。顔と砂を隔てるのはヘルメット・ヴァイザーのみ。おもむろにこうべをめぐらせ、すぐ近くの地面に立つ、複数の肢を見つめた。ぜんぶで九本。異なる生物二名のものだ。

「バルヌケル、きみは捕らえる相手をまちがえたようだな」高くかぼそい声が告げる。

「これはトシンではない。かれの同胞種族のほかのメンバーだ」

「重複カオスと星々の衝突にかけて！」最初にとどろいた声だ。「きみのいうとおりだ、クサンティトス。しくじった。わたしには、はじめからわかっていたとも。ムアントクは、われわれに不幸しかもたらさないと！」

脚とおぼしき肢が動きはじめ、ゆっくりとテラナーの視界から出ていく。スラッチがさらにこうべをめぐらせると、こんどは二名の奇妙な姿全体が見えた。非ヒューマノイドだ。すでにこちらに背を向け、はなれていく。

スラッチは肘で上体を支えながら起こし、赤みがかった砂に膝をついた。周囲には、町のゆがんだ建物がそびえる。イムハラという名の町だ。あれがイムハラなのは、ひろい谷をかこむ切り立つ岩塊でわかる。谷には、町と同じ名前の工廠《こうしょう》があった。かれは急いで、反対方向を眺める。ここは、イムハラの中心地のようだ。誘拐者二名は、もう自分に関心がなくなったらしい。

突然、恐怖心が消えた。ふらつきながら立ちあがり、おぼつかない足どりで数歩進む。伸びをした。異生物二名は、レジナルド・ブルを拉致《らち》しようとしたにちがいない。かれらはふたたび誘拐を試みるだろう。スラッチは胸を膨《ふく》らませ、考えた。指揮官を守り、災難を防ぐことは、副官の役目のひとつだ。

決意をかため、動きはじめると、曲がりくねった路地に沿って異生物のあとを追う。たちまち、二十メートル先を行く二名に追いついた。

「おい、そこのきみたち！　そうはいかないぞ！」スラッチが、偉そうなだみ声でいった。「いったい、何者だ？」

二名は立ちどまり、テラナーを振りかえった。

「わたしはクサンティトス！」片方が歌うような高い声をあげた。

「バルヌケルだ！」もう片方が、不気味な声をとどろかせる。

「なるほど」スラッチがいった。目のはしにちいさな笑いじわができる。「わたしはキノコ採りのスラッチだ。喉が渇いたな！」

＊

惑星ムアントクはわれわれにとり、はじめから好印象とはいえなかった。永遠の戦士グランジカルが支配するアブサンタ＝ゴム銀河、北東セクターに位置するクラア星系のとるにたりない砂漠惑星だ。ムアントクは、アブサンタ＝ゴムとアブサンタ＝シャド両銀河の重複ゾーンの境界から数千光年しかはなれていない。われわれが、みずから進んでここにくることはなかっただろう。あるシュプールを追ってきたのだ。だからこそ、《エクスプローラー》の一搭載艇で惑星に着陸し、町のはずれに艇をとめた。

だがおそらく、そうすべきではなかったのだろう。赤い砂漠と、空高くそびえる険しい岩山からなるこの惑星の地表に、足を踏み入れるべきではなかった。山脈と砂漠のあいだには、荒涼とした惑星に似合う殺風景《さっぷうけい》な工廠と居住地が見える。すくなくとも、われわれの目にはそううつった。

そしていま、このありさまだ！

わたしとストロンカー・キーンとヴィーロ宙航士パーランの目の前で、ファジー・スラッチのまわりに砂柱が形成され、友が連れさられたのだ。われわれは、スラッチを解放するため柱を壊そうと試みたが、うまくいかなかった。圧倒的な力にじゃまされ、柱のあとを追うこともできない。そのとき、グライダーが頭上に出現。冷静にふるまうよう、大声で告げられる。いやおうなしに、この指示にしたがわざるをえなかった。拘束フィールドに動くことを阻《はば》まれたから。それは、グライダーがわれわれのすぐ目の前に着陸すると、ようやく消えた。制服姿の生物数名が機体から出てくる。武器を手にしているものの、銃口は地面に向けていた。そのうちの一名が前に進みでると、「ムアントクは自由世界だ」と、ソタルク語で告げた。「アブサンタ＝ゴム銀河のいずれの帝国にも属さない。われわれ、じゃま者の訪問は歓迎しない。経験上、つねに面倒を起こすから。この町と工廠の最高秩序維持者として、わたしはきみに滞在条件を告げるためにここにきた」

「条件だと？　わたしはじゃま者ではない」わたしはそう応じた。「わが同行者も全員、平和主義者だ。むしろ、わたしの副官が連れさられた件を気にかけてもらいたい！」

砂柱はいつのまにか、町の建物のあいだに消えていた。

「わたしが質問しているのだ。きみではなく！」生物が告げた。その球状頭部は下に向かって尖り、先端は頸のない胴体部のくぼみに埋まっている。感覚器官らしきものは、白いボタン状の目と薄い発話スリットしか見えない。卵形胴体から伸びる腕も脚も短く、腕の先端で武器を握るのが大変そうだ。

「こちらはだれもじゃまするつもりはないのに、だれかがこちらをじゃまするようだ」ストロンカーがわたしの言葉を補う。いつのまにか、隣りにきていた。「われわれ、ガムトサカ兄弟に話があってここにきたのだが！」

「引きかえし、ムアントクから出ていくがいい。これはきみたちに対する忠告だ」最高秩序維持者が告げた。「トシンは、どこであろうと歓迎されることはない。額の印を持つきみがなにも恐れていなくとも、ほかの宙航士のだれかが、きみを利用して金儲けをたくらむかもしれない。トシンは、どこに行こうともつねにアウトロー的存在で、どんな紳士にとってさえ、なにをしても許される相手なのだ！」

「忠告に感謝する！」わたしはどなった。「わが身を案じてくれるとは、ご親切にどうも。わたしは宿にこもって、仲間がファジー・スラッチを見つけてくるのを待つとしよう。友は誘拐された。きみたちは、上空から砂柱を見ていたはず。あれはけっして自然現象ではない！」

「もちろん、そうではない。われわれも手をつくすつもりだが、期待しすぎないでもらいたい、トシン。まずは、宿に向かうがいい！」

突然、相手は踵《きびす》を返すと、従者を連れてグライダーにもどっていく。機体は、明るいエンジン音をたてながら離陸すると、惑星の淡黄色の空に向かった。町の上空で方向転換し、工廠に向かって飛んでいく。

「なんと、みごとな歓迎の挨拶なのだ」ストロンカーが皮肉たっぷりにいった。《エクスプローラー》首席メンターは、問うようにわたしを見つめ、「どうします？」

「引きかえそう。ほかにどうすればいい？」わたしは、なにくわぬ顔で答えた。相手の狼狽《ろうばい》した顔を見て、笑いだす。「そうするとでも思ったか」にやにや笑いながら応じた。「さ、出発だ。この友好的な惑星でホテルを探すとしよう！」

ヴィランの飛翔装置を作動させ、町に向かった。町は荒廃し、全体的にまるで一時しのぎの、一種の建設作業員用住宅のような印象だ。住居が、かろうじてどうにかつながっているプレハブ部材のみで構成されているのが、はっきりとわかる。われわれは、最初の建物群に到達し、宿への道をしめす発光文字を見つけた。宿は町の中心地に位置する。われわれは、そこまで徒歩で進むことにした。まるでゴーストタウンのようだ。生物にまったく遭遇しないまま、宿に到着し、なかに足を踏み入れた。すると、搭載艇から通信インパルスがとどき、機体周辺は異状なしと告げる。搭載艇に侵入を試みる者も、排除しようとする者もいない。

ドアを押し開けると、きしむ音が聞こえた。目の前に薄暗がりがひろがる。壁灯のほの暗い光で、ロビーのようなところだとわかった。さまざまな生物の像がならぶ。像は色とりどりの衣服に身をつつみ、顔には生命のシュプールが見られる。すると、像のひとつが動きだした。

立像ではなく、ホテルの従業員あるいは滞在客だ。こうべをめぐらせ、われわれを見つめている。その視線は、わたしに長いこと注《そそ》がれた。わたしの目にではなく、深紅の印が輝く額に。

「空き部屋はない」こちらに近づいてきたヒューマノイドが、がらがら声でいう。わたしの目の前で立ちどまると、「ここではだれも面倒を望まないからな！」と、告げた。

「最高秩序維持者の指示だ！」わたしは応じた。「四部屋、用意してもらいたい！」

「三人しかいないではないか！」

「四人だ！」

「もうひとりはどこだ？」

「面倒を起こしたいか？」わたしは脅した。ヒューマノイドがあわてて引きさがる。

「いや」相手はきっぱりといった。「面倒はごめんだ！」

「つまり？」

「よかろう、四部屋用意する。ついてこい。案内しよう！」

そう告げ、われわれをロビーのはずれまで連れていく。暗い穴が口を開けていた。階段の吹き抜けだ。階段は、さまざまな生物に合わせ、段差の異なる三ルートに分かれている。われわれは中央の階段を選んだ。苦労なく、上層階までのぼることが可能だから。

最上階までくると、案内者が足をとめ、ゆがんだ金属製ドアをさししめした。

「この奥に部屋が四つある。前払いだ」

ストロンカー・キーンが、生物の目の前に立ちはだかった。

「面倒が望みか？」いつもはおだやかなヴィーロ宙航士が声を荒らげる。

ヒューマノイドはわきに跳びのいた。ストロンカーは、案内者が階段に向かうのを見つめた。がたがたと階段をおりていく足音が聞こえる。

ストロンカーは小声で笑い、

「わかった気がします。ムアントクでは面倒という言葉に効きめがあるようだ」と、告げた。「最高秩序維持者の忠告は、不要だったということ！」

わたしはパーランを見つめた。ヴィーロ宙航士が、しぐさで同意をしめす。足を踏み入れるよううながすと、パーランは金属製ドアを開けた。そこは、ちいさな寝室四つと居間ひとつからなる続き部屋だった。家具はかなりちいさく、ベッドも短い。ベッドは、すのこの上にならべられたクッションからなる。わたしは最初の部屋を使うことにした。ためしにベッドの上に身を投げてみる。クッションは柔らかい。わたしは頭の下に両手を滑りこませ、考えをめぐらせはじめた。

われわれは最高秩序維持者に向かって、ガムトサカ兄弟の話をしたが、反応はなかった。かれらの居場所を突きとめなければ。とはいえ、まずはファジー・スラッチの安否確認が先決だ。だれかに誘拐されたにちがいない。そう確信する。そのだれかは、われわれに対し、かならずしも好意的とはいえない者だろう。最高秩序維持者の指示にしたがってはみたものの、はなはだ疑問だ。はたして正しい判断だっただろうか。

パーランが部屋の入口にあらわれた。両手のひとさし指となか指をたがいに押しつけ、上下に動かしている。

「わかった」わたしは応じる。「友を探しにいくというのだな。ならば、出かけてくれ。ストロンカーとわたしは、きみがもどってくるまで、あるいは最高秩序維持者から連絡があるまで、ここで待つとしよう」

パーランの姿が消える。わたしは壁の通話装置を見つめた。そのカバーはへこみ、とうていたのもしい印象ではない。立ちあがり、呼び出しボタンを操作した。いても立ってもいられない。驚いたことに、装置は機能している。

ロビーのヒューマノイドが応答したのだ。

「最高秩序維持者と話したい。急いでつないでくれ」わたしは告げた。

「アベネゲルと？　無理だ。かれは工廠にいるから。そのような通信は……」

「わたしがそちらまで行って、手を貸そうか？」と、ことさら親切そうに訊いてみる。

「いやいや、大丈夫だ」相手があわてて応じた。

数秒後、つながった。アベネゲルとその協力者は、いまだスラッチのシュプールを見つけられないという。本人からの連絡もない。わたしは五十二歳の若いテラナーのことが気がかりでならなかった。友が危機的状況というものを毛嫌いしているのを知っているから。かれの身になにも悪いことが起きないよう、祈るしかない。

ストロンカーの部屋に向かう。かれは部屋の中央に立ち、ヴィランを手入れしていた。わたしに気づくと、

「わたしは見かけよりもずっと、スラッチの運命を案じているのです」と、告げた。「ムアントクへの到着はもっと違ったものになると思っていました」

不意に、ヴィランが反応した。スラッチから短い通信シグナルを受けたのだ。

「こちらファジー、すべて順調」という内容だ。わたしは安堵の息をついた。

「どこかをあてもなくさまよい歩いて、ふたたびわれわれに合流するつもりだな」と、ストロンカー。「かれは独特ですね。なにを体験したのか、聞くのが楽しみです。さて、いっしょにきますか？」

「どこへ？」

「兄弟に会いにいくのです！」

わたしは同意をしめした。パーランに書き置きをのこし、われわれは階段をおりた。パーランもまた、同じ通信シグナルを受信したと思われる。そうでなくとも、われわれの書き置きをベッドの上で見つけるだろう。

ホテルの玄関では、ロビーの生物がふたたび柱のごとくかたまっていた。だれもこち

らに反応をしめさない。われわれがドアから外に出たとき、ほっとしたにちがいない。

「どこから、はじめましょうか？」ストロンカーが、町の左右をさししめした。

「事件がはじまるところからだ」わたしはそう告げた。

＊

十五年前、ネットウォーカーになるのを断ったことを、ときおり後悔する。わたしは、思うところあってペリー・ローダンの申し出を拒否したもの。主たる理由は、いまもなお額に存在するトシンの印だ。トシンである以上、わたしはネットウォーカーの命を受けて作戦行動にあたるには目立ちすぎる。この長い歳月のあいだ、何度もアヤンネーの手の者がわたしのあとを追ってきた。この永遠の戦士は、いくつかの銀河でひとりよがりな行動をとり、手下たちの問題に介入してきたもの。最近になってようやく、わたしと《エクスプローラー》部隊は、その追っ手を遠ざけることに成功した。

追っ手につきまとわれるようなネットウォーカーは厄介だ。すくなくとも、いつか過ちをおかし、いずれかのネットステーションに法典忠誠隊の目を向けさせかねない。

こういった過ちを、わたしは申し出を辞退することで排除したかったのだ。

とはいえ、これによりペリーの援助要請を拒んだわけではない。わたしは、惑星ボンファイアから帰還後、友の組織のために連絡係をつとめることにした。そして、隠遁生

活を送るグループや組織や個人とコンタクトをとり、そのうち数名をネットウォーカー
にすることに成功。かれらは恒久的葛藤の哲学に対する戦いに挑み、わたしは多少なり
とも定期的に装備や情報を提供している。ときおり《エクスプローラー》の各セグメン
トが、それぞれの抵抗グループ間で伝令サービスのような役割をになう。わが名はいた
るところに知れわたっているから。

イルミナ・コチストワの名もそうだが、彼女は、わたしの目には困難なものにうつる
道を選んだ。トシンでありながら、ネットウォーカーになったのだ。イルミナは、わた
しが座標を知らないネットウォーカーの基地惑星サバルに、抗法典分子血清の生産施設
を設立した。施設は大量の血清を生産し、これがさまざまな場所で役だった。ネットウ
ォーカーたちは、血清を力の集合体エスタルトゥの十二銀河に配分したのだ。ネットウ
ォーカーたちは、施設はいうまでもなく、《エクスプローラー》もまた、かなりの割り当て量を運んだもの。

情報によれば、イルミナは現在、シオム・ソム銀河に滞在し、デソトであるヴェト・
レブリアンに手を貸しているそうだ。デソトについては、長いあいだなんの情報もなか
ったもの。数年が経過し、ようやく姿をあらわしたのだ。その口から、われわれは惑星
エトゥスタルの事件を知った。ヴェトは、プテルス種族によってエスタルトゥの庭園か
ら追放され、一搭載艇で戦士イジャルコルの星形船《ソムバス》に連れていかれたとい
う。そこで数年間、永遠の戦士イジャルコルのもとで働かされた。そのあとようやく、シオム・ソム

銀河の凪《なぎ》ゾーンのレジスタンス闘士のところまでもどり、われわれと出会ったのだ。

エスタルトゥがここにはもういないというニュースをひろめたのは、デソトだった。超越知性体は五万年前、力の集合体を去り、それ以来もどってきていない。プテルス種族は、自分たちがエスタルトゥの遺産を管理するのだと主張している。侮蔑的ないいぐさだ。思いだすたび、怒りのあまり顔が赤くなる。わたしは突然、超越知性体に共感をおぼえた。ヴィーロ宙航士たちは、エレンディラ銀河やシオム・ソム銀河、力の集合体のあらゆる星の島に到着し、ストーカーによって喧伝《けんでん》された奇蹟の残忍さを知ったもの。われわれのだれもが、エスタルトゥは徹底的にネガティヴな超越知性体だと思った。だが、これについては、いまはもうそれほど確信がない。真に宇宙の重要な出来ごとがあったせいで、エスタルトゥは力の集合体の安定を放棄し、どこかへ行ってしまったにちがいない。

どこへ？ わたしは、ペリーと会ったさい、一度それについて話しあったもの。友は、エスタルトゥについて〝それ〟と話すことができたなら、どんなによろこんだだろう。そうできなかった理由はふたつある。〝それ〟はクロノフォシル・エデンⅡが活性化したのち、姿を消したから。また、かつての深淵の騎士三名は、自分たちの力の集合体への帰還をコスモクラートによって拒まれたから。カルフェシュの二度にわたる和解の試みも、ペリー、アトラン、ジェン・サリクに拒絶され、失敗に終わった。

いまペリーが喫緊《きっきん》とみなす任務のひとつに、行方不明者の捜索がある。ロワ・ダントン、ロナルド・テケナー、デメテル、ジェニファー・ティロン、三名のシガ星人スーザ・アイル、ルツィアン・ビドポット、コーネリウス・〝チップ〟・タンタル、ならびに二隻のヴィールス船《ラサト》と《ラヴリー・ボシック》がどうなったのか、ヴェト・レブリアンは告げることができなかった。まる十五年というもの、かれらのシュプールはなにひとつ見つかっていない。それについて、イジャルコルにたずねることに成功した者も皆無《かいむ》だ。あの戦士は、かれらの姿を最後に見た者のひとりにちがいないのだが。

友たちは、惑星エトゥスタルでみずからの運命を決めたのか？　それとも、どこかにかくれているのか？　エスタルトゥの構成要素、あるいはその遺物と化したのか？

わたしは髪に手をやった。ヴィールス船に、思いきり短く刈られてしまったが。

実際、髪を掻きむしりたくもなる。シュプールもなにも見つからず、永遠の戦士に対する地下闘争がはてしなくつづくだけ。飛行し、着陸するたびに、発見され、囚《とら》われ、殺される危険が増していくのだ。ただムアントクだけが、みごとな例外といえる。この砂漠惑星は、既知のどの帝国にも属さない。〝暗黒空間〟と呼ばれる、二銀河の重複ゾーンにある宙域のはずれに存在する。ここには無数の工廠があり、ほかの場所なら人目をはばかるべき船を修理させることが可能だ。

われわれがここにやってきたのは、惑星ゴルレイムのリングに行ったときはじめて、ある噂を耳にしたからだった。ガムトサカ兄弟と、アブサンタ＝ゴムの外側セクターで目撃された宇宙船二隻に関する噂だ。その船に関する描写で、わたしはNGZ四三〇年に水惑星アクアマリンで発見した残骸をすぐに思いだした。銀河系とエスタルトゥを往来したヴィーロ宙航士からの情報によって、わたしは当時、その残骸がカルタン船に該当するという手がかりを得たもの。それでも、四千万光年はなれた三角座銀河に暮らし、リニア・エンジンしか持たないカルタン人が、なぜこの未知の力の集合体を訪れたのか、想像もつかない。理由はいまもなお不明だ。それでも、わたしはかならず噂の真相を解明すると決意した。このシュプールに導かれ、ムアントクを訪れたのだ。惑星に到着したさいに得た情報により、ガムトサカ兄弟の船がまだこの工廠のどこかにあるとわかり、すくなくとも希望が膨らんだ。

　噂によれば、この兄弟二名が、噂の船二隻を目撃した本人らしい。われわれは搭載艇で惑星に着陸し、いま、二名の捜索の真っ最中というわけだ。

　ストロンカーが、ある路地をさししめした。そこから、くぐもった音が聞こえる。わたしは店の正面玄関を見つめた。このひずんだ町には無数のドアや窓があるが、そのいずれにも、店舗や個人宅をしめす特徴はない。ただ、酒場にかぎっていうと、わたしの知るあらゆる銀河では、同じ方法で客の注意を引こうとするようだ。すなわち、さまざまな種類の看板によって。イムハラの場合は、回転するネオンサインだ。色褪《あ》せた、字間をせばめたソタルク語の強調文字で、店名がこう書かれている。

〝親愛なるお客さま〟

わたしは正面玄関に近づき、扉の不格好な開閉装置に片手をかけた。酒場という場所におけるこれまでの経験が警告したため、深呼吸する。勢いよく、扉を内側に開くと、熱気と悪臭に襲われた。ヴィランが、このような状況下でつねに見せるような反応をしめす。着用者の安全がなによりも優先されるのだ。ヘルメットが閉じられ、ストロンカーとわたしに新鮮な空気が提供される。同時に、ヴァイザーの明度がわずかに変化し、煙のなかでも視界がきくようになった。

わたしが目をさまよわせるあいだに、ストロンカーが扉を閉めた。そこは、小階段がつなぐいくつかの階層に分かれたホールだった。階層ごとに家具の色が違うが、たいてい汚れている。ホールの奥に長いカウンターが見え、その奥では、さまざまな出自の生物が動いていた。どのテーブルもほぼ満席だが、最上階だけがすいているようだ。おそらく、もっとも価格の高い席だからだろう。

「ヘルメットを開けろ!」わたしは、ヴィランに指示した。かくすものなどなにもないから。だれがイムハラを訪れたのか、すでに噂がひろまっているにちがいない。ヴィランは指示にしたがった。ヘルメットがたたまれ、頸筋で薄い層となる。

数秒もたたないうちに、ホールじゅうのつぶやき声がしずまった。あらゆる視覚器官が、われわれに向けられる。ストロンカーはわたしの隣りに立ち、同じくすでにヘルメットを開けていた。ふたりともこうべをめぐらせ、左右に数回、目をやる。わたしはテーブルのあいだを縫うように一階を横切り、二階につづく小階段に向かった。

「トシンだ！」ソタルク語の叫び声がいくつか響いた。声は興奮し、高まっていく。どこかで、一ヒューマノイドの低い声がとどろいた。

ふたたび、沈黙が訪れる。階段付近で一脚の椅子が揺れ、重量級の一生物が立ちあがった。三メートル近い巨漢だ。階段の前で仁王立ちし、行く手をさえぎる。われわれは立ちどまった。

「道をあけるのだ、酔っぱらい！」と、わたし。「わたしがここに足を踏み入れてはじめて、わたしがトシンだと知ったわけではないだろう」

「あんたは、無敵なる者プリムリムファァレイツィンを目の前にしているのだぞ」生物が不気味な声をとどろかせた。「とはいえ、わたしは平和を好む。あんたから、なにも奪うつもりはない。それでも、わが忠告を聞きいれたほうがいい。可及的すみやかにムアントクを去れ。ここにいるだれもが、アベネゲルのように思いやりがあるわけではないぞ！　トシンはつねにいい商売になるからな！」

「友は十五年におよぶ経験から、それを知っているとも」ストロンカーがわたしのかわりに答えた。その声は、おだやかでおちつきはらっている。いつものごとく。なにごとも、この男をうろたえさせることはない。「われわれは、人買いにみずからをさしだすためにここにやってきたわけではない。ある者を探しているのだ。ガムトサカ兄弟に興味がある。二名の情報が必要だ。それを入手したら、すぐに消える」

「願わくは、永久に消えうせろ！」触手をそなえた球形生命体が一名、ごく近くで鋭い声をあげた。「トシンのあとを追って、つねに密猟者の群れがやってくる。ムアントクをそっとしておいてほしい！」

わたしは、ほとんど気づかれないほどわずかに、にやりとした。密猟者というのは、この球形生命体自身のような者のことを意味するわけではなさそうだ。わたしのようなアウトローを狩ることに楽しみを見いだす法典忠誠隊のことらしい。

発音しにくい名を持つ巨漢が階段からはなれ、自分のテーブルまでもどっていく。「警告したぞ」われわれがそばを通りすぎたとき、かれはそうつぶやいた。「引きかえすなら、いまのうちだからな！」

カウンターの奥に、ヒューマノイドが一名立ち、好奇心にあふれた顔をわれわれに向かって伸ばしている。われわれが最上階につづく階段の前でためらっていると、合図を送ってきた。

「ガムトサカ兄弟はイムハラにはいない」と、前置きなしに告げる。「兄弟を探しているのなら、わたしのネットワークを利用するがいい。わたしならコンタクト可能だ」

《エクスプローラー》首席メンターは、カウンターの奥のほかの生物たちを見つめた。そのうちの一名が、ドアの向こうに消えたまま、もどってこない。

「ご注文は?」ヒューマノイドが訊いた。「忘れないうちにいっておくが、わたしはグナショラッ、この酒場の店主だ」

「カテゴリー十一‐七CGのフルーツ・ジュースをたのむ」と、わたし。この手のしろものは、多くの惑星にある。われわれヴィーロ宙航士のようなヒューマノイドにとり、標準的飲料だ。すくなくとも有害ではなく、安心して飲める。

「同じものを」ストロンカーがつけくわえ、グナショラッは姿を消した。われわれは不格好なスツールに腰をおろすと、背後のホールを見つめた。いまだに、ささやき声以外は聞こえない。さまざまな出自の生物たちは、われわれを信用していないようだ。可能なかぎり、トシンとは関わりを持ちたくないらしい。だからといって、かれらを恨むわけにはいかない。おそらく、だれもが脛《すね》に傷ある身であるがゆえ、法典忠誠隊との衝突を避けなければならないのだろう。

一分もしないうちに、われわれは飲料を手にしていた。透明なプラスティック製の背の高いコップに注がれたジュースは、よく冷えている。ぐいとひと飲みすると、じつにフルーティでさわやかな飲み物が舌を刺激した。その色は、紺青《こんじょう》色とレモンイエローが混じったブルーグリーンと、鮮紅色のあいだで変化する。

見えないスピーカーから、音楽が流れはじめた。筆舌につくしがたい美しい音で、客をリラックスさせ、長居させるものだ。われわれは眠気を誘われ、周囲のようすに集中するのに苦労した。時間感覚が失われていく。ここの惑星時間をしめす、壁で小刻みに震えるクロノメーターを一瞥《いちべつ》したところで、ほとんど情報は得られない。まもなく、ストロンカーがヴィランに船内時刻を問いあわせた。すでに一時間近く、この酒場に滞在しているとわかる。わたしはおちつかなくなった。グナショラツのことが気になる。店主の姿は見えない。用事があるらしい。おそらく、ガムトサカ兄弟に関する情報を収集しているのだろう。

ようやく進展があった。制服姿の男が一名、ホールに入ってくると、まっすぐわれわれに近づいてくる。

「わたしはアベネゲルの使者だ」男は簡潔に告げた。「ついてきてくれ！」

支払いをすませ、酒場を出た。外で待機していたグライダーに乗りこむ。われわれはイムハラの北のはずれに連れていかれた。そこでは、建物のすぐそばにそびえ立つ岩壁がある。グライダーは、高いフェンスでかこまれた裏庭の上空で静止した。

「機体から降りるのだ！」制服姿が告げるのが聞こえる。降り口が開いた。われわれはヴィランを作動させ、ゆっくりと下降した。頭上では、グライダーが轟音《ごうおん》をたてながらはなれていく。

地上付近でヴィランが反応。防御バリアが展開し、からだをつつむ。拘束フィールドに捕らえられたのがわかった。地面に出現した暗い場所に引きよせられていく。

「罠です」ストロンカーがうなった。「こうなると気づくべきでした！」

「ま、見てみよう！」と、わたし。「ここまでは、ただの予防処置にすぎない！」

この手の予防処置を使うとは、ガムトサカ兄弟は、きっと脛に多くの傷を持つにちがいない。

＊

輝くフィールドは、まちがいなく転送機のものだった。われわれはそこを通りぬけた。目の前にはマシン・ホールがひろがる。転送機自体は、壁のアルコーヴにはめこまれていた。人間のような生物二名が操作している。

既知の種族だ。シオム・ソム銀河のガヴロン人種族に属する生物だろう。二名はわれわれを振り向いた。もっとも目立つ特徴は、非常に発達した眉骨で、顔面からはるかに張りだしているため、その下の目がほとんど見えない。鼻は低く、ひろがっている。口は顔の幅を大きく占め、ごく細い唇がこれをかこむ。

「こうなると考えていたはず、トシン」二名のうち、左側の男が高く鋭い声をあげた。「われわれをだまそうとしても、その手には乗らんぞ。顔を洗って出なおしてこい！」

「待ってくれ！」わたしは応じた。「どういう意味だ？　われわれがムアントクにきたのは、情報収集するため。ただ、それだけだ！」

「情報収集だと、ふん！」右側の男がわずかに頭をあげ、眉骨の下に光が当たった。褐色の目をしている。もう一名の目は、グレイだ。そのほかは、両名とも見わけがつかないくらい似ていた。

どういうわけか、なんとなく頭が鈍くなった気がした。思考が混乱する。二名のふるまいはあまりに奇妙で、疑念をいだかずにはいられない。

「われわれが、ガムトサカ兄弟だ」グレイの目をしたガヴロン人が告げた。「こちらがザムタン、わたしはタンジュンだ。おろかなトシンよ！」

タンジュンが哄笑《こうしょう》し、もう一名もこれにならった。二名の声が重なりあう。拘束フィールドに阻まれていなければ、てのひらで耳をおおいたいくらいだ。

「きみたちがガムトサカ兄弟ならば、われわれがただひとつの目的のためにここにきたとわかるだろう」ストロンカー・キーンがゆっくりと慎重にいった。ひと言ひと言を正確に選んだようだが、兄弟に対する効果はほとんど無に等しい。

「もちろん、わかるとも」タンジュンが金切り声をあげた。「きみたちは、あの二隻をどうするつもりだ？　あの船の世話を焼く権利がだれかにあるとすれば、それはわれわれだ。わかるか？　われわれだけだ。素性の知れないトシンなんかに、われわれの縄張りを荒らされてたまるものか！」

わたしは、だんだん腹がたってきた。第一、わたしは素性の知れないトシンなどではなく、すでに十五年来の〝由緒正しき〟トシンだ。第二に、その宇宙船二隻に対して正当な理由で関心を持っている。二名の商人にこれをわからせようとしたが、相手はヒステリックな反応を見せた。

「宇宙船、宇宙船か！」ザムタンがどなりつけ、わたしのすぐ目の前まで近づいてくる。熱くて臭い息を感じた。ヴィランにヘルメットを閉じるように命じ、スピーカー装置を通じてさらに話をつづける。

「こちらには、情報を高値で買う用意がある」唯一、役にたちそうな餌《えさ》を投げてみたが、二名はこれにも食らいついてこない。

「それでも、われわれの発見物の噂があちこちにひろまるのを防ぐことはできない」

タンジュンがきっぱりと告げ、青く輝くコンビネーションの胸のあたりをたたいた。服装においても、もう一名と見わけがつかない。「だが、われわれは商人だ！　自分たちの船の修理が終わったらすぐに、商売について考えてみようではないか」ストロンカーとわたしを非難するようにさししめした。「ふたりとも、われわれのじゃまはするなよ」

「その異船にどんな秘密があるのだ？」ストロンカーが、なにくわぬ顔で訊いた。「きっと巨万の富が搭載されているのだろうな！」

「異船二隻だけではない」ザムタンがゆっくりと楽しそうにいった。「われわれは、アブサンタ＝ゴム銀河の北端で、ある未知種族と遭遇した。ラオ＝シンといい、きわめて興味深い商品を所有している。かれらと取引したなら、われらが子孫は次の十万世代まで安泰だ。きみたちに、われわれの取引をじゃまさせはしない」

「われわれがなぜ、ここムアントクにいると思う？」タンジュンがつづけた。「われわれはしばしば、グランジカルの従者たちと戦ってきた。永遠の戦士の輜重隊《しちょう》は、われわれを見ると頭にくるようだ。もうそろそろ、こちらもみずからの評判のためになにか手を打ってもいいころあいだろう。すでにグランジカルの護衛部隊に、どのような獲物が網にかかったか知らせてある。これでわれわれは汚名返上、厄介なライヴァルはオルフェウスの迷宮で、あるいは、ほかのどこかで最期を遂げるというわけだ」

わたしはこうべをめぐらせ、ストロンカーを見た。友はきわめて深刻な顔つきをしているが、なにもいわない。いうべき言葉が見つからないから。われわれ、罠にはまってしまった。充分に慎重にふるまわなかったわけだ。

「酒場の店主がわれわれを裏切ったのか？」わたしは口を開いた。

「かれは、一連絡員にきみたちの計画を知らせただけ。とはいえ、むだな希望をいだかないことだ。きみたちがどこにいるのか、だれも知らないし、トシンに手を貸す者などひとりもいない。ムアントクには、独自の決まりがあるからな」

兄弟二名はそれ以上なにもいわず、われわれを拘束フィールドに捕らえたまま、立ちさった。

ヴィランが告げた。姿を見えなくするデフレクター・フィールドが、われわれの周囲にさらに構築されたらしい。

どうすることもできなかった。パーランとファジー・スラッチがわれわれの失踪に気づき、すばやく対処してくれるよう望むしかない。

それでも、友ふたりはだれをたよればいいというのだ？　実際、最高秩序維持者アベネゲルしかいない。かれは、面倒はごめんだと、はじめからわれわれに理解させたもの。その本人が、われわれを助けるだろうか？

「熱い湯につかりたくてたまりません」ストロンカーがため息をついた。「エネルギーの構造亀裂を探しましょう。そこから、搭載艇に救難信号を送るのです！」

これをためしたが、むだに終わった。

2

「これ、宇宙船のかたちをしているぞ！」バルヌケルが、触手に持つフォリオを振りまわし、ためらいながらいった。

「だが、それらはキノコというもので、珍味だ」ボニファジオ・スラッチが応じる。

「ムアントクには、すくなくともアンズタケに似たようなものが存在しないというのはたしかか？」

「たしかだ！」クサンティトスが甲高《かんだか》い声で歌うようにいう。

「ほぼ、まちがいない」バルヌケルの低い声がとどろいた。この生物二名は、地下にある泉のそばに住んでいた。泉は壁材で応急的にかこまれ、その奥には、こちらにおりてくる階段を照らす明かりがともる。スラッチは推測した。ここは惑星の地下三十メートルといったところか。かろうじて照らされた急な階段が、建物の最下層の地下室から泉までつづく。

「ま、いまにわかるだろう」テラナーはきっぱりと告げた。「なぜ、きみたちはレジナルド・ブルを誘拐しようとしたのか？」

「だれをだって？」

「例のトシンだ。わたしの仲間のひとりだ！」

「よし、キノコ採り。われわれは商人だ。ムアントクのあらゆる生物は商人、ないしは悪徳商人といっていい。定住者の二千名はほとんど工廠労働者だが、可能なかぎり裕福になってムアントクを去ろうともくろむ居住者がさらに平均四千名いる。永遠の戦士にトシンを贈り物としてさしだしたなら、どうなると思う？　戦士は返礼品として、財産をどっさりくれるだろう。私掠許可証や、小惑星の採掘権のような。トシンひとりと引きかえに、全氏族あるいは一社会が将来にわたる富を築けるのだ。われわれは偶然、きみたちの船と管制ステーションとの通信を傍受した。それで、だれがやってくるのかを知ったわけだ。正直にいってくれ。われわれ、このチャンスを逃すべきだったと？」

「きみたちは実際、チャンスを逃した。われわれにとっては幸運だが。われわれ、商売をしにここまできたわけではない。情報収集が目的だ。ガムトサカ兄弟を探している」

「ただではすまないぞ！」バルヌケルが大声をあげた。「あいつらをか？」

「なにが、それほどまずいのか？」

「評判が悪すぎる、わが友よ」クサンティトスが応じた。「悪辣《あくらつ》で、ヒステリックなやつらだ。身をかくさなければならなくなると、定期的にムアントクにやってくる。金のためなら友を売って恥じない男たちだ。あのガヴロン人ときたら、自分の婆さんさえ、売るだろう！　二名を信じたりすれば、命を失わないだけ、まだましだ！」

「それほどひどいのか？」

「いまいったより、ずっとひどい。せいぜい用心するのだな！」

ファジー・スラッチは黙りこんだ。内なる声が、この異生物二名の言葉はけっして誇張ではないと告げる。ブリーとほかの友たちが危険な状態にあるのだ。可及的すみやかに、ボスに連絡をとらなければ。

立ちあがった。ホスト二名が地上までついてくる。スラッチは、ある窓台の上に高価な宝石を見つけ、気づかれないようポケットに忍ばせた。二名に別れを告げ、建物の外に出る。ブリーとその同行者に向けて、短い通信メッセージを送ると、出発した。

スラッチは決意していた。自分は、とりわけ勇敢というわけではない。勇敢さは性に合わないのだ。それでも、ブリーに危険を警告するかわりに、まずは独力で例の兄弟を探すつもりだった。

イムハラの路地を長いことさまよったあげく、商人とおぼしき者を一名見つけた。くすねた宝石をしめし、査定させる。相手は巧妙にだまそうとしたが、スラッチも抜け目ない。店を出るときには、この宝石にどれくらいの価値があるのか、およそ見当がついていた。

この時点で、パーランと遭遇した。パーランはヴィランに身をつつみ、鳥のように急降下してきた。目の前に着地すると、両手でサインを送ってくる。スラッチはとりわけ手話が得意なわけではなく、質問によって多くを理解しなければならなかった。

「姿を消せというのか？　シュプールをのこさずに？」

パーランが急いでうなずく。

スラッチは、小声で笑いだした。

「つまり、兄弟はすでに行動に出たわけか。二名が、永遠の戦士にブリーを売りとばすつもりなのは明白だ。いっしょにきてくれ。ガムトサカ兄弟のもとに到達するにはどうすればいいか、考えがある！」

スラッチは友に合図を送り、歩きはじめた。パーランがブリーの副官につづく。

＊

「スティギアン銀河の宝石か。ふむ！」

宝石商のクオルウォールが、拡大鏡を枠台の上で行ったりきたりさせる。目をくらませることなく光の屈折を追うのに、苦労しているようだ。何度も目を細め、興奮したようすで、くちばしをすりあわせる。明らかに、興奮をかくそうとしていた。

「これまでにその銀河で見つかったなかで、もっとも貴重な品だ」スラッチは強調し、警告するようにパーランを横目でちらりと見た。パーランは、無関心そうに会話を追っている。すでにブリーの副官から、計画内容を詳細に知らされていた。

クオルウォールは、不意に姿勢をただし、

「似たような宝石なら、トロヴェヌール銀河にある」と、きびしい口調で告げた。

「知っているとも」スラッチが大声をあげる。「ヤルンのところだな。それは、色彩と硬度においてこの宝石にはほど遠くおよばない。永遠の戦士に訊けばわかるだろう！」

「トロヴェヌール銀河のヤルンのところまでは遠い」宝石商が応じた。「この石の話をもっと聞かせてくれ。なんという場所で発見したのだ？」

「われわれが銀河系と呼ぶスティギアン銀河の、もっとも魅力的な惑星テラだ。ソト＝ティグ・イアンがその銀河に奇蹟を授けて以来、そこからはもうほとんどニュースがとどかなくなったが。テラは、全人類とほとんどのヴィーロ宙航士の原故郷。〝それ〟の力の集合体と呼ばれる宙域に存在する、宇宙の懐だ」

「〝それ《エス》〟だと？」クオルウォールはおもむろにくりかえした。「エスタルトゥの省略形のように聞こえるな」

「だが、そうではない。聞いてくれ！　きみに提案がある。取引しよう。わが故郷には、似たような石がたくさんある。そのひとつでも所有する者は、だれもが裕福だ。スティギアンが銀河系を封鎖しているかぎり、きみはこの力の集合体において、この手の宝石の唯一の所有者となる。全エスタルトゥにおける名声を集めるだろう！」

「つまり、テラが発見場所ということだな。テラについては聞いたことがある。きみの言葉は信用できそうだ」

「よく見てみろ。これほど純度の高い炭素化合物は、いままで見たことがないはず。きみの金庫にしまわれた石など、どれもこの宝石にくらべればなんの価値もない。〝テラのトリヤモンド〟と呼ばれている！」

「きみの言葉を信じるとしたら、わたしにその石の代金など支払えるわけがない」宝石商がしゃがれ声でささやいた。

「支払えるとも！　きみが持つマロント杖だ。あの金属芸術の傑作千本と交換しよう。その機能的価値については知っているぞ。それが、この石の適正価格だ！」

クオルウォールは、叫び声をあげて跳びすさり、棚にぶつかった。棚には、がらくたや輝くものがぎっしり詰めこまれている。これで、金庫内にほんものの宝が存在しないかのような錯覚におちいらせるのだ。

「マロント杖千本だと！　まったくいかれている！　それほど大量の杖は、ムアントクじゅう探しても見つからんぞ！」

ボニファジオ・スラッチは顔をゆがめ、ずる賢い笑みを浮かべた。がたがた揺れる窓ごしに、通りの向こうの半分壊れかけたネオンサインをさししめす。娯楽センター入口の目印だ。

「あそこの隣人たちは、その点に関して意見が違うようだが！」

クオルウォールは拡大鏡の枠台から石をとりはずし、ヴィーロ宙航士に押しつけた。

「いや！」と、がらがら声をあげる。「あまりに危険だ。きみはゴリムじゃないか！」

「ばかげたことを。わたしもまた、きみ同様に力の集合体の一員だ。もっとも、スティギアン銀河出身だが！　後悔するなよ」

そう告げ、ドアに向かう。パーランがあとを追い、先にドアを開けた。堂々とスラッチは店を出ていく。

「待ってくれ！」クオルウォールが必死に叫んだ。「考える時間が必要だ！」

スラッチとその同行者は、店に引きかえす。スラッチは、猶予期限と価格を一方的に押しつけて、取引場所を指定した。それから宝石商のもとを去り、パーランとともに、武器類および自動装置の卸売業者のもとに向かった。

あたりを念入りに見まわしてから、店舗ビルに足を踏み入れ、

「外になにか置いてあるな」と、切りだした。「シオム・ソム銀河のコンヴァータのことだ。中古品のようだな。もう価値はなさそうだ。それでも、取引したい。マロント杖千本でどうだ！」

ファジー・スラッチは半時間たたないうちに、この取引もまとめた。このような取引

をぜんぶで五回くりかえし、物々交換の時刻は日没の四時間後だと告げる。ムアントクでは、夜陰《やいん》に乗じたこの手の取引はめずらしくもない。どの取引相手もこちらの提案を受け入れ、ヴィーロ宙航士ふたりは、満足そうな顔でその場をあとにした。

「なにもいうなよ」スラッチが釘を刺す。もちろん、こういう場合のただの決まり文句だ。いずれにせよ、パーランはなにもいわないのだから。なんのジェスチャーもしない。それでも、その目を見れば、すべてを楽しんでいるのがわかる。

行きあたりばったりに酒場に入り、ガムトサカ兄弟について訊いてみた。かれらを知る者も目撃した者もいない。それでも鋭いスラッチの目は、その場にいた一名が席をはずし、長いこともどってこなかったのを見逃さなかった。

「兄弟になんの用があるのだ?」と、訊かれる。

「物々交換をしたい。トシンのレジナルド・ブルと引き換えに、ミニサイズの宇宙船工廠一式を!」

「だんな、ごいっしょしてもかまいませんか?」質問者が、完全に声色を変えて訊いてくる。「あなたたちは、とてつもなく裕福にちがいない!」

ファジー・スラッチは突然、笑った。全世界を抱きしめようとでもするかのごとく、腕を動かす。

「とどのつまり、わたしは銀河系からやってきたからな。あらゆるヴィーロ宙航士同様に。スティギアン銀河は、すべてのなかでもっとも豊かな銀河だ！」

おだやかでないつぶやき声が生じた。数十ダースの生物が立ちあがり、スラッチとパーランのテーブルに近づいてくる。

「では、アブサンタ＝ゴム銀河の不吉な前兆のカゲロウはどうだ？　ムウン銀河の番人の失われた贈り物は？　ダータバル銀河のカリュブディスのセイレーン、パルカクァル銀河のエメラルドの鍵衛星は？　ムジャッジ銀河の閃光のダナイスは？」

「銀河系のゴルディオスの結び目は、それらすべてを凌駕《りょうが》する」ファジー・スラッチが満足げにほほえんだ。「いつか、きみたちも体験するだろう！」

＊

アベネゲルは〝親愛なるお客さま〟の店主を尋問したものの、たいして聞きだせなかったようだ。からだを前後にゆすっている。かれを知る者ならだれでも、これは最高秩序維持者がすべて決定ずみとしたサインだとわかるだろう。

「どうやら、きみの話は真実のようだが」と、アベネゲルはファジー・スラッチに打ち明けた。「トシンとそのメンターは本当に行方不明なのだ。わが部下が、転送機が置かれていた地下空洞を発見した。あわてて撤去されたようなシュプールも見つかった。とはいえ、われわれはガムトサカ兄弟に対してなにも立証できない。二名はイトラグ工廠にとどまり、自船の修復作業を監督している。その作業を中断するようすもない」

「そこにはプロジェクションをはじめとして、たくさんのトリックがあるはず」テラのボニファジオは、軽蔑をしめすジェスチャーをしてみせた。最高秩序維持者には理解されないだろうが。「きっと、兄弟はつねに工廠にとどまっているわけではない。イトラグは、どこにあるのか？」

アベネゲルは、工廠の所在地を説明した。イムハラと違い、イトラグ付近に居住地はない。労働者は工廠に住み、船の乗員はたいてい、修復作業中もそれぞれのキャビンにとどまる。イトラグは、はるか北に位置し、そこでは、周知の砂嵐が定期的にすべてをおおいつくすらしい。巨大ロボット部隊が昼夜を問わず動きまわり、ディスクシェードの砂をはらい、その機能を維持している。ディスクシェードは、赤い砂からバリアのごとく工廠を守り、塵《ちり》ひと粒たりとも、繊細な装置類に入りこまないようにするという。

「これ以上なにも、きみたちのためにできることはない」アベネゲルが笛のような声をあげた。「トシンのシュプールや手がかりがないかぎり、手の施しようがないのだ」

「わかったわかった、もういい」ブリーの副官はぶつぶついった。そのヴィランが、夜の気温低下に反応する。着陸時の外気温は四十度ほどだったが、いまはもう十度しかない。きっと、寒い夜になるだろう。スラッチの計画にはうってつけだ。かれはパーランとともに、最高秩序維持者がグライダーに姿を消すようすを見送った。機体は離陸し、エンジンが咆哮《ほうこう》をあげながら遠ざかっていく。アベネゲルにとり、これでこの件は解決したようだ。

ファジー・スラッチのなかで、感情が衝突する。物々交換の時刻が迫るにつれて、自分のおかれた状況の危険性をますます強く認識した。できれば、パーランひとりにすべてをまかせ、搭載艇にもどりたい。

搭載艇！

短い通信インパルスで、搭載艇がまだそこにあることを確認した。それが自分の計画の一部であり、いわば成功の鍵を握る最重要構成要素なのだ。ガムトサカ兄弟はきっと、自分をだまし、一挙両得をはかろうとするにちがいないから。

スラッチはひとり、酒場にもどった。公衆ヴィジフォンに向かい、惑星の航空管制につないでもらう。永遠の戦士の船が、すでに一隻あるいは複数出現したかどうかたずねた。否定の返答を得て、どう行動すべきか自問する。兄弟二名は当然、グランジカルにブリーを売りとばすつもりだと思ったのだが。

十五年にわたる経験が、スラッチの考えを肯定する。それでも、ほかの可能性も考慮に入れなければ。たとえば、あの商人二名は、ほかの永遠の戦士の勢力範囲にトシンを運ぶつもりかもしれない。アブサンタ＝シャド銀河のアヤンネーや、スーフー銀河のスーフーのところに。

スラッチがヴィジフォン・スタンドから出てくると、すでにだれかが待っていた。特大の枕形生物が壁のそばに立っている。低い口笛を吹き、テラナーの注意を引きつけた。

「兄弟が餌に跳びついたぞ」生物が告げる。「なぜ、わたしがそれを知っているのかは、訊かないでもらいたい。二名はイムハラに向かっている。ただ、だれを訪ねるつもりかは知らない」

「直接、二名と話したのか？」

「わたしは、仲介者ですらない。ただのオブザーバーだ。個人的好奇心を満たしたいだけ。とはいえ、望みとあらば、きみの返事を伝えようとも！」

「兄弟は二名きりでこなければならない。われわれもふたりだけだから。兄弟とは、砲台商人の屑鉄置き場で会おう。コンテナのある場所だ。時間は真夜中、十二時！　ブリーとストロンカーをいっしょに連れてくるよう伝えてもらいたい！」

「承知した」

枕形生物が、からだを揺らしながら去っていく。スラッチはあらぬかたを見つめ、数回うなずいた。通りに出ると、入口の陰であたりを見張っていたパーランから情報を入手する。手話が伝える内容は多くはないものの、こちらの一挙手一投足が監視されているとはっきりとわかった。

「われわれのシュプールを追っていたのは、ガムトサカ兄弟ではないということ。トシンを手に入れようともくろむほかの商人たちだったわけだ」スラッチは理解し、哄笑する。「だれもがブリーを追っている。全員、目にもの見せてやるぞ!」

砲台商人の屑鉄置き場には、いくつかコンテナ・ターミナルがある。スラッチは攪乱《かくらん》ゲームを開始するにあたり、これを利用することにした。ガムトサカ兄弟をだますつもりはない。この物々交換は正式に、誠実にやり遂げるつもりだ。もっとも、そのあとどうなるかは別問題だが。

真夜中直前、ふたりは出かけた。パーランは取引場所を慎重に調べ、スラッチは物々交換を申し入れたのこりの商人五名とふたたび連絡をとった。全員が時間どおりに現地にあらわれるだろう。ミニ工廠付近のレストランに、かれらを呼びだしてある。

真夜中、ガムトサカ兄弟が到着した。グライダーが近づいてくる。機体には転送機が積みこまれていた。そこから、捕虜ふたりを連れた兄弟が姿をあらわし、コンテナ・ターミナルのひとつに近づくと、そこでとまった。複数のコンテナの存在に気づき、二名は相談しているようだ。スラッチがパーランに目配せする。パーランは夜の闇にまぎれ、急いで立ちさった。

ほかのターミナルのひとつで、音がした。ガムトサカ兄弟がゆっくりとグライダーにもどりはじめる。スラッチはその行く手に立ちはだかった。相手がガヴロン人であることに気づく。

「ブリー!」と、呼びかける。「かれらですか? この二名がガムトサカ兄弟?」

ブルが肯定した。スラッチは通りに出て、両腕をあげる。武装はしていない。

「物々交換をはじめる」と、曖昧《あいまい》に告げた。定刻まで、きっかりあと五分ある。「きみたちを信用しよう。警告しておく。われわれをだますつもりなら、きみたちが転送機を使う前に、わたしの仲間が、そのグライダーを破壊する」

「工廠はどこにある?」タンジュンがどなった。スラッチは、レストランの奥の敷地に兄弟を案内する。パーランはとうにそこで待機し、照明装置を作動させていた。いたるところ、投光器が光を投げかけ、力の集合体エスタルトゥにしか存在しない技術の傑作を照らしだす。兄弟二名は、大きな声をあげ、

「なぜ、われわれはこの工廠についてこれまでなにも知らなかったのだろう?」と、訊いた。「この施設は金では買えないほど貴重なものだ!」

「そのとおりだ。いい取引だろう!」

「きみたちは自由だ!」ザムタンが、レジナルド・ブルとストロンカー・キーンに告げた。「われわれ、護衛部隊と決着をつけなければならないが、それはたいした問題ではない。うまいいわけを思いつくだろう!」

先ほどパーランが投光器のスイッチを入れた瞬間、スラッチはとりきめたインパルスを搭載艇に送っておいた。艇は、すでに砲台商人の屑鉄置き場に向かっている。スラッ

チは、解放されたふたりを引きよせた。

「そこのミニ工廠の入口に、所有者証がはさまれているぞ！」スラッチが兄弟に向かってさらに叫んだが、二名はこれに耳をかたむけるどころではなかった。ミニ工廠を可及的すみやかに点検し、運びだす手はずをととのえるのに忙しそうだ。

スラッチはブルとキーンを連れて、その場をはなれた。パーランがくわわり、全員そろう。頭上にグライダーが近づいてきて、商人たちが降り立った。だれもが、自分の所有ではないものの所有権を要求しながら、あちこち探しまわっている。スラッチに一杯食わされたと、たちまち知るにちがいない。テラナーは品物を受けとったが、その代償を提供しなかった。ミニ工廠も、まだこれまでの所有者のものだ。その所有者は、可及的すみやかに工廠に到着できるよう急ぎ、そこで兄弟と出くわした。数秒もたたないうちにはげしい争いが勃発。だれかが最高秩序維持者に連絡している。

「どういうことだ？」キーンがささやいた。「なにをやらかした？」

スラッチはなにも答えず、ただ前方をさししめた。そこに搭載艇が降下してくる。四名は牽引ビームで艇内に迎え入れられた。

＊

われわれは追跡された。シュプールを追ってきたのは複数の自家用グライダーだ。どうやら、商人たちはすべてがだれのしわざによるものか、たちまちわかったらしい。

わたしはファジーを見つめた。よろこぶべきか、怒るべきか、わからない。これまで、ファジーはつねにのんびりした男だった。そのかれが、悪党をうまくいくるめ、したたかに痛めつけて楽しむとは。いったい、どこからその勇気を得たのか？

「急いで立ちさろう！」わたしは告げた。ファジーがまるでなにも聞こえなかったかのごとく、搭載艇を操縦するようすを、わたしはいらいらしながら見つめた。副官はわが指示にしたがうかわりに、町の路地に向かい、搭載艇をたちまち降下させる。エアロックを開け、操縦席から跳びだすと、

「どうかご心配なく、すぐもどりますから」と、急いで告げた。わたしはあとを追った。友が調子に乗りすぎて自己満足のために過ちをおかすのを、黙認するわけにはいかない。

ファジーは搭載艇をはなれ、ある建物に跳びこんだ。人気《ひとけ》のない部屋を急いで通りぬけ、一異生物に出くわすと、

「クサンティトス！」と、大声で呼びかけた。「そこにいたのか！　きみにわたしたいものがある！」

「そんなの、どうでもいい」クサンティトスが応じた。「トシンさえ、わたしにはどうでもいい。バルヌケルの調子がよくないのだ。かれの〝魂の石〟が消えた。あれがなければ、友はもう長くは生きられない！」

「これのことか？」

ファジー・スラッチは、こっそり持ちだしていた石をかかげてみせた。触手の一本がすばやく伸び、それを手から引ったくる。

「これをどこで手に入れたのだ、キノコ採り？」

「ガムトサカ兄弟からさ！」

わたしはファジーが嘘をついているとわかったが、なにもいわなかった。

クサンティトスが、石を持ったまま消えた。わたしはファジーを力ずくで引っ張っていこうとしたが、そこに異生物がもどってくる。

「きみは友を救ってくれた」かれは口笛のような声をあげた。「どうやって感謝したものか」

「いいさ」わが副官はつぶやき、踵を返し、帰ろうとする。「もう消えないと。兄弟に追われているのだ！」

ふたりで外に跳びだした。頭上をグライダー数機が飛びかう。搭載艇は見つからずにすんだ。探知されないように、だれかがあらゆる装置のスイッチを切ったようだ。われわれが乗りこむと、ストロンカーが機体を緊急発進させた。搭載艇はムアントクの上空を疾駆し、《エクスプローラー》部隊に向かう。われわれはそのままヴィーヴルス船に収容され、ラヴォリーが待つ通信室に足を踏み入れた。

「出発だ！」わたしは告げた。「次の目的地は、途中で決める。急いでくれ！」

わたしはファジーをわきに連れだし、きびしい目で見つめた。

「われわれに説明する義務があると思う」わたしはささやいた。「きみにはもうたいていのことでは驚かないが、あのようなふるまいをするとは！」

ボニファジオ・スラッチは、あの工廠惑星に着陸後、自分の身に起きたことを報告した。われわれがガムトサカ兄弟の手中に落ちたと確信すると、商人数名と接触をはかり、大勝負に打って出たという。パーランがわれわれに近づき、何度も肯定するようにうなずいた。ファジーが話しおえるのを見て、両手を組みあわせ、それをまわしてみせた。両手をはなすと、こんどはファジーをさししめし、丸をかたちづくって笑みを浮かべる。ふたりはすべてを楽しんだようだ。ファジーはふだんのかれをうわまわる力量を見せたということ。

「ま、よかろう」わたしはため息をついた。「型どおりではないものの、効果的作戦だった。きみはストロンカーとわたしを窮地から救ってくれた。心から感謝する！」

「理解してもらえてよかったです、ブリー」と、返答がある。「わたしは、ガムトサカ兄弟が用意した運命にあなたに引きわたすわけにはいかなかった。できれば、二度とかれらに会いませんように！」

ラヴォリーが、ヴィーロトロンを通じ、船と交信した。《エクスプローラー》部隊がプシオン・ラインのネットに滑りこむ数秒前、永遠の戦士の船数隻がクラア星系のはずれに出現し、ムアントクに向かうコースをとった。ガムトサカ兄弟が呼びよせたにちがいない。

3　惑星エルファード

シェマティンは、奇妙に思った。温かいグリーンの沼を滑らかに進む自分の姿を観察する。ほのかに白く輝くからだの先端の細い突起を見つめた。それは、湯気をたてる水面上にときおりあらわれ、からだをゆっくり前進させる動きをしている。

シェマティンは、なぜこのように感じるのか自問した。自分はアジムのメンバーだが、そのせいではない。むしろ、あまりに長いこと孤独な状態におかれたせいだろう。いま、自分の惑星でなにが起きているのかさえ、知らない。グリーンに輝く目で狙いを定め、葉と蔓からなる密な屋根をくまなく探った。屋根は沼の上までのびている。周囲を薄暗がりが支配し、ちいさな大陸シマのこの地帯に鬱蒼《うっそう》と茂る植物のおかげで、ジャングルの上空はまったく見えない。

孤独はシェマティンの生活における自然な構成要素だが、それはかれだけにあてはまるわけではない。故郷惑星のエルファード人はすべて、この隔絶のなかに暮らしている。ただときおり〝談話小屋〟のひとつを訪れ、仲間と会話するだけだ。

みずから選んだ隔離は、エルファード人の生活様式や生命形態と関係している。その生命形態を思い浮かべると、シェマティンのからだを熱いものが貫いた。驚いて身をすくませ、グリーンの沼の水面下に完全にからだを沈ませる。奇妙なインパルスが全身を駆けぬけたのだ。だが、これは思考がもたらした意識下のショックだろう。

生命形態。エルファード人ならだれもが知るように、種族はかつて敏捷《びんしょう》なヒューマノイドの姿をしていた。いたるところでゴリムと呼ばれ、ネットウォーカーと同一視されている……ネットウォーカーは、永遠の戦士の敵だと公言するべつのゴリムなのだが……ヴィーロ宙航士が持つ肉体と、似たようなものだったかもしれない。

かつて、エルファード人たちがこの件を気にかけることはなかった。だが、力の集合体の状況をくわしく知ったいま、ヴォルカイルが同胞のもとに帰還したことが問題となる。ヴォルカイルはそれ以来、恒久的葛藤の教えから種族の関心をそらそうとしていた。かれは、多くのエルファード人にとり、まったく信じられないことを告げたもの。

シェマティンはアジムのメンバーだから、ヴォルカイルのいったことを信じている。それらの知識が、一週間ほど未知の食物の供給を断念できるくらい多くの栄養分をふくむ温かい沼のなかをしなやかに動きまわるあいだ、シェマティンが自身のからだを俯瞰《ふかん》していたそもそもの理由なのだ。

エルファード人は自問した。べつの肉体を所有していたなら、わたしはどのように反応したただろう? なぜ、わたしはウパニシャド学校を訪れなかったのか? なぜ、永遠の戦士に仕える法典忠誠隊になりたくなかったのか?

火山島の名前ヘシマ・ピガヌは、ウパニシャド学校の名称でもある。設立当時、ほぼ四百名のエルファード人が、名誉ある任務にそなえて研鑽《けんさん》を積むためにこの学校を訪れた。永遠の戦士の兵士および使者としてエスタルトゥの諸銀河に向かったのは合計五万名で、全人口の〇・五パーセントにあたるが、なんの意味もない。依然として恒久的葛藤の教えの正当性を信じる者の数は、全エルファード人の半数以上にのぼるから。

シェマティンが知るとおり、その数はあまりにも多い。この状況をアジムにとり有利な結果となるよう変えることに大きく貢献できるなら、そのために多くを費《つい》やすだろう。アジムとは、ソタルク語で〝思慮深き者〟を意味する。この信念のもと、アジムのメンバーは戦士法典における葛藤の理論のいつわりに気づいた。葛藤の効果はひとえに、血と涙にある。精神的・感情的に成熟した存在なら、いずれにせよ拒むものだ。そして、エルファード人は、きわめて成熟した種族として通っている。

だが、シェマティンはこれについてなにも感じなかった。心が憂鬱と暗闇に満たされている。わずかに浮上し、足もとに地面を感じた。グリーンの沼の反対側の岸だ。岸にたどりつきたくない。ただこのまま、運命のはかりしれない波に漂っていたい。

それが、ほとんど命とりとなる。近づいてくる物体が起こす波にようやく気づいたときには、すでに遅すぎた。シェマティンは〝沼グロッケ〟の背中にならんだ棘《とげ》を目にし、驚愕する。経験によれば、このグリーンの沼には存在しないはずの肉食魚だ。理由を探したが、見つからない。よく考えてみる時間もない。からだを矢のごとき細い構造体に変えると、水へビのように猛烈な勢いで逃げだした。背後にはげしい衝撃を感じる。沼グロッケがその尾と楔《くさび》形頭部で攻撃してきたのだ。

一瞬、時間がとまったように思えた。不規則な水の動きがシェマティンに警告する。ほとんど同時に痛みがからだを貫き、あやうく気を失いかけた。ほとんどのヒューマノイドが持つ歯があれば、食いしばったことだろう。歯を持たない自分は、なすすべもなく痛みに耐えるしかない。肉食魚に嚙まれ、からだのごく一部が引き裂かれたのだ。

シェマティンのからだが、水面上に出た。沼グロッケが、奪ったからだの一部にとらわれているわずかな隙を、本能的に利用する。あがきながら、沼の水をかきわけて進んだ。水面は、蒸気をあげる藻の薄い層でおおわれている。痛みのあまり、ほとんど気がおかしくなりそうだ。できれば、突然からだじゅうにあふれた疲労感に屈服し、沼の底に沈んでしまいたい。

だが、生への執着がこれにまさった。ふたたび、沼グロッケが近づいてくるのを感じる。そのとき、巨木の頑丈そうな枝が目に入った。枝は沼の上までかなり張りだし、先端がほとんど水面に触れそうだ。

シェマティンは、そこに向かって急いだ。なにかに引っ張られたが、肉食魚はちゃんと獲物を捕らえられない。シェマティンはからだをわずかに縮めることに成功。沼から枝に向かって必死にジャンプした。からだがぬるぬるで、たちまち滑りはじめる。シェマティンは、決まったかたちを持たないからだをわずかにひろげ、かたい樹皮に可能なかぎり巻きつけた。揺れながら、枝からぶらさがる。下を見ると、水面のすぐ近くに沼グロッケの背中の棘がくっきり浮かびあがり、つづいて、一瞬、頭の前部があらわれた。鋭い裂肉歯が鋼のように光る。

「ふう」シェマティンがため息をついた。「おまえに、わたしは捕まえられないぞ!」

力を振りしぼり、ゆっくりと枝を伝い、岸まで這い進む。湿った黒いシュプールが樹皮と葉にのこった。血液が沼にしたたりおちた場所には、たちまち、楕円形の波の谷間ができた。沼グロッケによるものだろう。

はてしなく思える時間が過ぎ、エルファード人はとうとう樹幹にたどりつくと、力つきて滑りおちた。死んだように、そのまま地面に横たわる。しばらくして、痛みがわずかにおさまると、苔《こけ》の上を匍匐《ほふく》前進し、シダのあいだに沿って、信号発信機のついた木までたどりついた。非常呼び出しボタンを操作し、助けがくるのを待つ。まだ出血しているが、おそるおそる背中を見てみると、重傷を負ったわけではないとわかった。それでも、手遅れにならないうちに見つけてもらえなければ、失血死するだろう。この状態で自力で宿舎にもどるのは、不可能だ。

エルファード人は力つき、ちいさな空き地の中央でくずおれた。わずかに目がまわる。風が木の枝を揺らしている。

そして、こう考えた。これで死ぬのなら、わたしはすくなくとも最後にもう一度、ぬくもりと光を見られたわけだ、と。

シマのジャングルの上に恒星アアチドが昇っている。惑星エルファードとその住民に命を授ける、イエローのおだやかな母星が。

＊

シェマティンにはわからなかった。これはいつもの夢なのか、あるいは幻覚なのか。あとで、かれの潜在意識が大改革のこの時代に関心を引かれたものすべてを、負傷の熱に浮かされて夢にみたのだと告げられるだろうか。あるいは、だれにもまったくわからないかもしれない。

かれの思考は黄金期にもどっていた。数十万年も昔のことだ。あの時代からまだのこっているものは、伝承と伝説だけ。誇りと向上心に満ちたエルファード人種族がかつて生みだしたもののすべてを、大災害が破壊したから。

当時、アブサンタ＝シャド銀河とアブサンタ＝ゴム銀河が、たがいに接近した。やがて、二銀河は衝突。この現象はほとんど複雑化することなく完了した。銀河間の隔たりが大きかったので、二銀河とも重力フィールドによってたもたれたまま、すれ違っただけだったのだ。それぞれの軌道における影響を、ほとんどたがいにあたえることなく。両銀河が重なり、ふたたびはなれていくまで、数百万年かかると、いわれた。

惑星エルファードにとっての危機は、このプロセスによってではなく、アブサンタ＝ゴム銀河の迷い子である一白色矮星《わいせい》によって生じた。矮星は、三十年もしないうちに恒星アアチドに到達するだろうと思われた。そして、実際に到達する。これを防ぐ手段は、エルファード人の能力では用意できなかった。

かれらは星系から脱出することにした。当時、惑星エルファードの人口は百八十億。だが、避難活動は遅々として進まない。

遺伝学者たちは、ある計画を立てた。その目的は、遺伝子操作によって、エルファード人のあらたな種をつくりだすこと。宇宙の冷気のなか、空気も食糧もない数千年間を深層睡眠状態で生きのびることのできる種を。大多数の住民が拒絶反応をしめしたものの、プロジェクトは動きだす。この突然変異の産物がプラズマ物質の塊りであることを、遺伝学者はかくさなかった。もとの個体の知性をそなえ、感覚器官を疑似肢同様に形成することが可能だとはいえ、ヒューマノイドのエルファード人と比較すればかなり無力で、ヒューマノイドの肉体機能のかわりとなる外骨格が必要となる。

ほかに助かる道はないとはいえ、この解決方法もまた、あまりに多くの時間を必要とした。〝悪魔の目〟と呼ばれた白色矮星マアルド・ウョがアアチド星系に到達する五年前、まだ数十億のエルファード人が死の恐怖に脅かされたまま、惑星にのこっていた。そこに、戦士アヤンネーがあらわれたのだ。みずからアブサンタ＝シャドの支配者と名乗り、エルファード人の生存をかけた戦いに英雄的行動を見たと告げた。戦士は遺伝学者のプロジェクトをついに軌道に乗せる。大災害が起きたさい、突然変異プロセスはほぼ完了していた。

次の五千年間の歴史は、のちにようやく再構築することができた。運命あるいは戦士アヤンネーは、エルファード人に対して寛大だった。その後いつか、永遠の戦士はもどってきて、あらたな惑星エルファードに初のウパニシャド学校を築いた。惑星エルファードの住民は戦士を熱狂的に迎え、それ以後、アヤンネーの忠実な従者となった……

「違う！」

シェマティンは熱に浮かされた夢からさめた。医療ロボットの柔らかいクッションの手で、ウォーターベッドの枕に優しく押しもどされたのに驚いて気づく。

「それは、嘘だ！」かれはあえいだ。「わたしは、まちがいなく知っている。ただ、証拠がないだけ！」

「なんの話をしているのです？」ロボットが訊いた。「どういう意味ですか？」

シェマティンはふたたび意識を失い、生死のあいだの朦朧《もうろう》とした状態におちいった。

数時間後、ようやく意識をとりもどす。ロボットの声が聞こえた。

「われわれはあなたをヘシマ・ピガヌに連れていかなければなりません。ウパニシャド学校〝戦いの栄誉〟に。あなたを助けられるのはパニシュたちだけですから！」

「パニシュなどマアルド・ウヨに行ってしまえ！」シェマティンが思わずささやいた。「わたしは、アジムなのだぞ！」

「ならば、あなたは死ぬでしょう！」

エルファード人は、長い時間かかって医療ロボットの言葉を理解した。ぞっとして、からだに沿って目をわずかに滑らせ、沼グロッケに引きちぎられた後半身を見つめる。そこはかさぶたになり、その周囲はこれまで経験したことがないほど、はげしく脈動していた。傷のせいだけではないだろう。それに、奇妙な感じだ。わずかな痛みすらない。

「わたしは……どうしたのだ？」シェマティンは、つかえながらやっとのことで口にした。

ロボットがウォーターベッドをまわりこみ、赤外線ランプをやや明るくした。ぬくもりが心地よい。シェマティンはからだをわずかに動かしてみた。

「体内でなにか奇妙な感覚がありませんか？」ロボットが訊いた。

思わず、沼で感じたインパルスのことを考えた。それがなにか、わからなかったが。

「いや！」

「思いだしてください。なにかを感じたにちがいありません！」

「ま、いい。感じたとも。だが、それがなんだというのだ？」

「あなたは分裂するでしょう、シェマティン」医療ロボットが、まるで当然のごとく告げた。たしかに当然ではあるものの、シェマティンは驚いた。混乱して口をつぐむ。ロボットがつづけた。「近い将来、増殖します。ですが、子供が生きのこれるかどうかはわかりません。二名とも死ぬかもしれない。あなたは、あまりに弱っていますから！」

「だれが、きみをプログラミングした？」シェマティンは叫んだ。ロボットの言葉の響きがきびしかったからだ。「法典忠誠隊の者か？」

いま自分がいったことは、ばかげている。ロボットは、エルファード人どうしの区別がつかないのだから。

「どうか安静に。よく眠るのです。さもないと、けがを克服できないでしょう。沼グロッケの毒がまだ体内にのこっています。われわれが相手にしたのは、あの肉食魚の変種です。検査の結果、それが明白となりました。たったいま、結果が出たところです」

「きみたちは、沼グロッケを始末したんだな！」シェマティンはほっとした。それでもおちつかず、まして眠れるわけがない。

まだまだ生きてやりたいことがたくさんある。だが、そのすべてが突然いま、不要なことに思えてきた。不要で、役にたたない。さらに、自分が死ねば、また一名アジムが減るわけだ。

ヴォルカイルが次に惑星エルファードを訪れたさい、これを聞いてうれしくは思わないだろう。

*

メグラマトは、ちいさな丘のごとき動物ワジッツが持つ移動本能に感嘆した。動物はむらさき色で、くすんだ白色に輝く短い脚四本を持つ。エルファード人がたいらになれば、この丘のほうが大きさではうわまわる。

それでは自分の権威が失われてしまう、と、首席検事メグラマトは思った。そこで、かたちを自由自在に操れるからだを膨らませ、高い声をあげた。〝丘〟が進行方向を変え、近づいてくる。

「遠い道のりをこれほど短時間で、よくここまでもどってきたな」メグラマトはワジッツを迎えた。「おまえは、法典に導かれるものすべてのごとく信頼がおける!」

動物には名前がない。ワジッツのなかでもこの個体は唯一、エルファード人がペットにできる存在だった。メグラマトは、このワジッツを所有できて幸運に感じている。ワジッツは数がすくないから。大昔の大災害後に生まれ、絶滅しかけている種のひとつだ。

金属工廠からジャングルにあるメグラマトの住居まで、移動補助手段を用いなければ通常二日間かかる。ワジッツは、それよりもずっと短時間でここまでもどってきたのだ。メグラマトはこれを、アブサンタ＝シャド銀河の構成要素であり、戦士アヤンネーの管轄下にあるこの惑星において、すべてがすばらしく順調である証《あか》しととらえた。かれは、進化は重要なものだと思っている。そのとき、蔓草でできた柵のシグナルが、訪問者の到着を知らせた。

「トゥルポルがくる」と、声に出していった。「いっしょに歓迎しよう！」

自分の住居にもどり、仲間を出迎えるため、正面玄関に向かった。前日、工廠にうっかり置いてきてしまった……そう自分にいいわけする……ワジッツが、いつものようにあとをついてくる。低いうなり声が聞こえた。ご機嫌な証拠だ。

メグラマトは、トゥルポルが単独ではないと知り、驚いた。通信システムで話したときは、連れがいるとはひと言もいっていなかったはず。友がもたもたと浮遊車輛から降りてくるのを見つめた。そのようすから、気が進まないとわかる。まもなく、理由が判明した。車輛からつづいて降りてきたのは、エルファード人ではない。骨張り、ひょろ長い姿の者で、よどみなく動き、興味津々《きょうみしんしん》で顔を前に突きだしている。

パニシュだ！　メグラマトの頭にそうひらめいた。火山島にあるウパニシャド学校の教師たちとはめったに接触がない。これは、どのパニシュだ？

惑星の裁判長トゥルポルが、首席検事メグラマトにさっと近づき、挨拶した。「じつは思いがけない来客があって、そのままこちらにお連れした」と、歌うように告げる。「さしつかえなければいいのだが」

「もちろん、二名とも歓迎する！」メグラマトは応じた。たがいにソタルク語で会話している。エルファードには独自の言語が存在しないから。エルファード語は、大災害のさい、ヒューマノイドのエルファード人とともに失われたにちがいない。

「こちらは、クウィデンゲル・スプ・タル」トゥルポルがプテルスを紹介した。「われらが英雄学校のパニシュ・パニシャだ！」

「バキ・キムヤ」クウィデンゲルがあえぐような声をあげた。「楽にしてくれ！」

メグラマトは、歓迎の意をしめした。訪問客を家のなかに案内しながら、考える。このパニシュ・パニシャは、惑星におけるアヤンネーの代行者だ。そして、エルファード人種族が大災害を生きのこれたのは、アヤンネーのおかげである。

メグラマトは玄関を通りぬけると、自分の鎧《よろい》に滑るように進んだ。背中に無数の棘がある琥珀《こはく》色のヒューマノイド型甲冑《かっちゅう》に、開口部から流れこむ。鎧に生命が宿った。エルファード人は動きだし、部屋の一室に向かった。透明ドームの下の床には、さまざまな種類の椅子がならぶ。この惑星の住人二名とパニシュ・パニシャは、腰をおろした。首席検事のりっぱな鎧姿にくらべると、クウィデンゲル・スプ・タルはいささか貧相に見える。それでも、教養によって培《つちか》われたオーラがこれを補っていた。

「運命はわれわれに寛大でした」メグラマトは、いつもの前置きから話しはじめた。「惑星エルファードは恒星に落下せず、そのそばを通りすぎて、恒星アアチドによってふたたび捕らえられました。とはいえ、星系のほかのたいていの惑星はそのような幸運には恵まれなかった。ぜんぶで八惑星のうち、生きのこったのはわずかふたつ、エルファードとパアンだけ。われわれのために、アヤンネーが力をつくしてくれたことは知っています」

「永遠の戦士は、法典が命じるまま行動したまで」パニシュ・パニシャがきっぱりと告げた。「もっとも、エルファード人のだれもが、いまでも感謝の気持ちを持ちつづけているわけではなさそうだ」

メグラマトは、トゥルポルのからだが揺れ、痙攣《けいれん》するのがわかった。裁判長は鎧を着用していない。もともと、そうするつもりだったのだ。メグラマトと腰をすえて話したかったから。それに、プテルスが思いがけず訪れたため、甲冑に滑りこむ時間もなかったようだ。あるいは、パニシュ・パニシャがすぐに帰ると踏んだのだろう。

「それはありえません」トゥルポルが長い沈黙のあと、口を開いた。「われわれはちいさな種族で、だれもが過去の歴史を知っています。エルファードの軌道が以前よりも母星に近づいたため、凍りついた大気はふたたび暖められてガス状にもどり、惑星をおおう巨大な氷面はふたたび海となる。エルファード人は人工深層睡眠から目ざめると、種族の数を数えはじめた。五千年前に外骨格にからだを滑りこませた百億のうち、生きのこったのは四十億。のこりは、甲冑のなかで死んだのです。

利用されることのない六十億の鎧は、われらが種族にとって象徴となりました。一方、人口はさらに減少していき、のこった甲冑は再利用されます。われわれの祖先は、弱ったからだに必要な凝縮栄養を裸の大地から得ました。かれらは第二の生成発展を迎え、奇蹟のような惑星再生を経験する。あらたな植物が不毛の大地から育ち、エルファードの地表は、あらたに豊かな耕土でおおわれたのです。二酸化炭素の生成により、エルファードは温室に、つまり温かく湿ったジャングル世界になりました。そこでわれわれは、いまもなお生きている。存続できて幸せです。そのわれわれが、アヤンネーとその恩恵を忘れたなどと、だれがどうやって主張できるというのですか？」

「アジムはそれを忘れた」スプ・タルが応じた。「かれらの言動は、法典に反することばかりだ！」

パニシュ・パニシャの非難に、エルファード人二名は、黙りこんだ。トゥルポルは椅子の上で前後に滑り、メグラマトは棘を垂直に立てる。

「そのとおりです、クウィデンゲル・スプ・タル」メグラマトがしばらくして口を開いた。「エルファード人のなかには、法典忠誠隊と逸脱者がいる。とはいえ、アジムは少数派です。だれも、その影響をあえて重視することはないでしょう。エルファード人は依然として、恒久的葛藤と永遠の戦士の法典にしたがいます。永遠の戦士のためにエスタルトゥの全銀河を航行する者は何万もいる。あなたは、その数を数えたことがありますか？　ウパニシャド学校で学んだ者の数を知っていますか？」

「とるにたりないほどわずかだ」パニシュ・パニシャが応じた。「それは、きみたちもわたし同様に知っているはず。とはいえ、わたしがここにきたのは、べつの理由からだ。ウパニシャドの名において、そして戦士アヤンネーの名において、きみたちに要求する！　アジムを攻撃し、いいかげんにこの大騒ぎを終わらせるのだ！」

エルファード人二名が反応できないうちに、クウィデンゲル・スプ・タルは立ちあがると、急いで出ていった。浮遊車輛に乗りこみ、機体がかすかな音とともに遠ざかるのが聞こえる。

メグラマトは立ちあがると、透明メタル製の支柱のひとつに近づいていく。外骨格の左脚に開口部が出現し、エルファード人は急いでそこから流れでた。すでに部屋を出て蔓草ドームの下に向かったトゥルポルのあとを追う。鏡面扉を開けると、蔓植物の魅惑的な香りが流れだし、源泉の上で湯気をたてる池に浮かぶ花々のそよぎが聞こえた。扉にたどりついたとき、ちょうどトゥルポルが池に滑りこみ、からだを沈めたところだった。メグラマトも浴室に到着し、まさに休息池に入ろうとしたとき、ようやく友がふたたび水面に顔を出した。裁判長のグリーンに輝く目が、堆積した泥と苔と藻のあいだから、こちらを見つめる。

「頭痛の種は、アジムだけではない」トゥルポルがささやくようにいった。「われわれの法典パトロール隊から報告があってな。ゴリムを捕らえたそうだ。例の船団のヴィーロ宙航士を」

メグラマトの思考は〝頭痛〟という言葉にとらわれた。エルファード人にまだ頭部があったあの時代の遺物だ。ほかの言葉は素通りし、耳に入ってこない。

「それがどうした？」と、訊いてみる。

「ゴリムのひとりは、トシンなのだ！」

メグラマトは、舌を鳴らすような音を出しながら人工池のなかに入った。トゥルポルに触れ、しっかりと抱きしめる。明らかに動揺をしめすしぐさだ。エルファード人のあいだでは、身体的接触は精神障害の徴候とみなされ、禁じられているから。急いで、メグラマトは友からからだをはなすと、滑るように遠ざかった。池の向こう岸でとまり、有柄眼を水面上に突きだすと、

「そのトシンは、レジナルド・ブルという名にちがいない！」と、押しだすように言葉を発した。「ヴォルカイルがそういっていた！」

ヴォルカイルに思いを馳せると、突然、同胞種族が数年前から悩んでいるジレンマに

直面させられた。

「トシンはエルファードに連れてこられる」と、トゥルポルが補った。「われわれ法典忠誠隊にとり、ひと仕事になるだろう！」

4

ネットウォーカーのために出動した十五年のあいだに、《エクスプローラー》においていくつか変化が見られた。当初、セグメント一は単独だったが、惑星ボンファイアで、ふたたびもとの乗員の一部を乗船させる。そのなかに、非常に疑わしい過去を秘めたテラナーがひとりいた。かれがヴィーロ宙航士になる前になにをしていたのかは、けっして白日のもとにさらされることはない。いずれにせよ、なにかいかがわしいことにちがいない。かれ、ボニファジオ・スラッチを、わたしはかつて〝偉大なる臆病者騎士〟と呼んだもの。この弱点にもかかわらず、かれが慎重で役にたつ人間であるとわかり、わが副官に迎えた。友はその実力を証明し、ムアントクではだれも予想しなかったような働きをした。しかし、ファジーはこれをみずから過小評価し、むしろ自分が臆病さを発揮したあらゆるケースを参照してほしいといったもの。

《エクスプローラー》部隊が、全セグメントの出発準備がととのったと告げた。歳月が流れ、基礎ユニット《エクスプローラー》が力の集合体の十二銀河をめぐるあいだに、かつて複合体に属したセグメントに何度も遭遇したもの。そのうちの数隻がふたたび連結され、部隊は現在、十一セグメントからなる。《エクスプローラー》のほかは、《いばらの湖》、《ノー・プロブレム》、《クロエ》、《アヴィニョン》、《プライヴェート・コレクション》、《ブランケンブルク》、《ラヴリー・アンド・ブルー》、《ニチュカ》、《フー・バード》、《十月七日》だ。部隊には、合計六百名の乗員がいる。そのうち七十二名は、依然として十一隻のうち最大の船であるセグメント一に配属され、いまでも昔のように、部隊全体も《エクスプローラー》と呼ぶことが習慣となっている。

部隊をクラア星系から去らせたラヴォリーが、こちらの注意を引いた。われわれは、ほぼ二十光年はなれたところでプシオン・ネットから通常空間にもどっている。付近には一隻の船も探知されない。ここで小休止できるだろう。

「かれら、ガムトサカ兄弟にいつまでも腹をたてることでしょう。あるいは逆に、ガムトサカ兄弟がアヤンネーの手下に腹をたてるか」ファジーが声をあげた。「それについては、まったくわたしの責任ではありません。わたしが巻きこまれたのは、たんなるまちがいでして、バルヌケルとクサンティトスは、もともとあなたが目当てだったのですから、ブリー！」

わたしはすでにそれを知っていた。部隊のヴィーロ宙航士は全員、かれの話を聞かされている。

「まったく、向こう見ずもいいところだ」わたしは皮肉をこめていった。「きみは、自分がなにをしでかしたのか、まったくわかっていなかったのだから！」

「そのとおりです！」ファジーが、満足そうにうなずいた。

「きみは、われわれの計画にとって危険ファクターだ！」わたしは無理やり、まじめな顔つきをしてみせた。おそらく、いささか怒りすぎたのだろう。ファジーの背後に立つストロンカー・キーンは、笑いをかみ殺すことができないようだ。

「申しわけありません。わたしには、どうしようもないのです」ファジーが打ちひしがれたようすでいった。

「今回は大目に見よう、ボニファジオ。きみは当面、わが副官のままだ！」

ファジーは目を見張り、なにかいったが、その言葉は《エクスプローラー》基礎ユニットの通信室にあふれた笑いの渦にかき消された。

その場にいるだれもがおもしろがっている。わたしははげしく手を振り、全員を黙らせた。

「冗談はもうおしまいだ。われわれ、ペリーあるいはネットウォーカーのだれかにメッセージをとどけなければ！」

ガムトサカ兄弟とはなんの取引も成立しなかったが、それでもストロンカーとわたしは重要な情報を入手した。これを、ただちに惑星サバルの司令本部に知らせなければ。

アブサンタ＝ゴムの北端のどこかに、ラオ＝シンと名乗り、価値ある商品を所有する種族がいるという。あのガヴロン人二名が、どんな手段もいとわないほど価値あるものらしい。わたしは依然として、そのラオ＝シンという種族を知っているような気がするのだが。とはいえ、まずはかれらを見つけ、実際に、当時われわれが惑星アクアマリンで見つけた残骸のような宇宙船を使うのか、たしかめなければならない。船は全長千六百メートルの楕円体を半分に切ったようなかたちで、長軸に対して平行になるように胴体の両側にとりつけられた長さ六百メートルのバルジのような構造体を持つ。

カルタン人の遠距離船か？

もしそうならば、かれらはエスタルトゥでなにをしているのか？　永遠の戦士とどのような関係にあるのか、あるいは、どのようなつながりを持とうとしているのか？

わたしには援助が必要だ。われわれの捜索は、ネットウォーカーと調整しながら進めなければ。

「どこに向かいますか？」ヴィールス船のメンターが訊いた。

すでに、決心はついている。

「目的地は、惑星ボンファイアだ」わたしは告げた。「その前に、もよりの情報ノードに向かい、ペリーにメッセージをのこす！」

部隊は、ふたたびエネルプシ航行にうつった。わたしは、小型コンソールに向かう。

そこに、プシオン・ベースで作動するちいさな装置、ネットコーダーが装備されているのだ。この装置を使えば、そのつど情報をもよりの情報ノードに保存したり、そこから呼びだしたりすることが可能となる。

「もよりのノードまで、ほぼ一飛行時間です」ヴィールス船が、ヴィシュナの声を彷彿《ほうふつ》させるおだやかな低い音声で告げた。「送信エネルギー、利用可能！」

わたしは、すぐにこれを復唱し、装置を作動させた。ラオ＝シンと宇宙船について知りえたあらゆる情報を吹きこむ。ネットコーダーがそれをプシオン・インパルスに変え、情報ノードに転送した。これは直接ペリーに宛てたため、メッセージを最初に見つけたネットウォーカーが友に伝えてくれるだろう。そうすれば、ペリーがみずから最新情報を呼びだす機会を見つけるまでの時間を短縮できるわけだ。

「惑星ボンファイアで会いましょう」と、最後にいう。「十二月一日から十日のあいだに。それだけあれば、あなたが惑星に到達し、わたしがそこまでの道すがら、さらなる情報を集めるのに充分でしょう。でぶより！」

わたしは姿勢を正した。すでにネットコーダーは送信を完了したようだ。

ストロンカーが、わたしを気づかうように見つめ、

「浮かない顔ですね」と、いった。「なにを考えているのですか？」

わたしは手を振った。惑星サバルのこと、そこを定期的に訪れる友たちのことを考え

ていたのだ。わたしがネットウォーカーならば、この惑星のポジションを知っていて、直接ペリーと連絡をとることができただろう。だが、実際はつねに情報ノードを経由するというまわり道にたよらざるをえない。相手に情報が伝わったか、確認することは不可能だ。

「次の方位探知フェーズは四時間後だ」わたしはラヴォリーに指示した。「その後、ストロンカーがふたたびきみと交代する。それまでに首席メンターは、ムアントクにおける滞在の辛労を克服するだろうから！」

ストロンカーが笑った。かれはあの滞在を辛労とはみなしていない。いつものように、ほとんどストイックなまでの冷静さで、すべてを受け入れている。ただ、ひょっとしたら、ひとつだけ例外があるかもしれない。

もと前衛騎兵は、わたしの考えを読んだようだ。

「イムハラでは面倒は好まれません」と、ストロンカーがいった。「いまや、かれらは面倒をかかえたわけです。一生、われわれを呪うことでしょう。ファジーを連れていくなら、われわれ、ガムトサカ兄弟だけでなく、惑星ムアントクとクラア星系全体を避けなければなりませんね」

将来的にこれが実現できるかどうか、わたしには確信が持てなかった。

＊

ネットウォーカー組織は、クエリオン種族のメンバーによって設立された。コスモヌクレオチド〝ドリフェル〟を守り、それによりモラルコードが操作されるのを阻止する役目をになう。この任務を、かれらはネットウォークによって出入り可能な宙域においてはたすのだ。調整ずみネットが貫く宙域は直径五千万光年の球体のかたちで、おとめ座銀河団の一部、局部銀河群、そのあいだに位置するものすべてをふくむ。ネット自体が、ハイパー空間の構造体なのだ。ハイパーエネルギーの産物であるネットの〝糸〟は、原則としてあらゆる物質を貫く。惑星や恒星をも。したがって、ネットウォーカーは理論的には恒星内部にも実体化できるわけだ。そうする可能性が生じ、優先路があって、ネットウォーカーが個体ジャンプのためにその場をはなれられるなら。それでも、ネットウォーカーは、プシオン刻印と呼ばれる特殊な条件づけにより、危険個所を察知する能力をそなえる。特徴的なのは、基本的に数のすくないプシオン・ネットの優先路が、ネットウォークによってのみ利用できること。かれらが通常路に沿って移動したければ、ヴィーロ宙航士あるいは永遠の戦士のように、エネルプシ・エンジンを搭載した機体を使用しなければならない。

優先路があれば、ネットウォーカーはそれを利用できる。そのようなルートがはしるいたるところで、これに入りこむことが可能だ。通常、ルートは惑星表面から生じるが、エネルプシ機体に乗った状態で、通常路と優先路の交差ポイントに向かって飛ぶこともできる。優先路に沿った移動は、いわば、時間のロスなく進む。ネットウォーカーは、思考命令によって目的ポイントを決定するから。そのさい、ネットウォーカーがもともと超能力に恵まれている必要はまったくない。プシオン刻印だけが、その能力をあたえるのだ。目的ポイントのごく近くに到達すると、移動プロセスが突然、ゆっくりとなる。ネットウォーカーは目的地が見えるようになり、最終的にどこで降りたいか、思考命令によりふたたび決定するわけだ。

だが、けっしてこの移動により、いたるところに到達可能なわけではない。特定のルートに接する目的地にのみ到達できるのだ。とはいえ、ネットウォーカーが〝乗り換え〟可能なノードがあり、目的地が明確であれば、ネットが自主的に〝切り替え作業〟をおこなう。

ネットの主ノードにはステーションがある。力の集合体エスタルトゥの住民からは、ゴリム基地と呼ばれていたものだ。どのネットステーションでも、休憩したり情報を収集したりできる。各ステーションのシステムは、たがいにつねにデータ交換している。

ネットウォーカーは活動時に、セラン防護服と似たような機能を持つものの、もうすこし見栄えのいい制服を着用する。それはネット・コンビネーションと呼ばれ、装備には、シントロン原理にもとづく一連のピココンピュータがふくまれる。その記録装置には、すべての優先路をしめす地図である〝マップ〟が保存されている。現在のネットウォーカーは次のとおりだ。テラナーあるいはヴィーロ宙航士のうち、ジェン・サリク、イペリー・ローダン、ゲシール、エイレーネ、グッキー、アトラン、ジェフリーホ・トロト、フェルマー・ロイド、ラス・ツバイ、イルミナ・コチストワ。ジェフリー・アベル・ワリンジャーはくわわらなかった。ネットは充分に安全でなく、信用できないと考えたから。すくなくとも、それを口実にしている。実際、ときおり事故が起きたもの。その結果、ネットウォーカーは吐きだされ、四次元空間で実体化するのがつねだ。この状況をぶじに生きのびるために、ネット・コンビネーションが役だつ。もっとも、どうやって救助してもらうかは、個人的問題だが。

ネットウォーカー全員が、かならず帰還できるわけではない。永遠の戦士とそのハンターの犠牲になる者もいる。組織はかつてクエリオンによって設立されたが、いまではクエリオン種族はすでに精神化され、数名のプロジェクションが利益を得ているのみだ。ネットウォーカーはさまざまな敵を相手に戦わなければならない。だれもが、惑星サバルにおけるつかの間の休息はべつとして、根気強く任務にあたっていた。エスタルトゥの諸種族を正しく導き、永遠の戦士の悪行をいいかげんにやめさせるために。

われわれがサバルについて知っているのはその名前のみで、惑星の座標は知らない。

その情報は、サバルを目下の故郷惑星とみなすネットウォーカーにのみ提供されるもの。ときおり、わたしは辛辣《しんらつ》に自問する。ペリーは地球についてどう考えているのだろうか。テラを忘れてしまったのか？　ネットウォーカーの職務に心血を注ぐために、人類を永遠に見かぎるつもりか？

ばかな、ブリー。もうひとりのわたしが口をさしはさむ。われわれは、つきまとうコスモクラートの手をすりぬけ、その影響から脱することができてほっとしている。ペリーは、無条件でほかの組織に永遠に身を捧げるようなタイプではない。

そうだ、あのテラナーは断じてそのような人間ではない。われわれのだれもがそうであるように、ペリーは探求者であり、探求者として必要とされるところに駆けつけ、救いの手をさしのべる。いまは、それがちょうど、倒錯した第三の道を説いてまわり、われらが故郷銀河を征服した永遠の戦士がいる、エスタルトゥにあたるわけだ。

テラ、火星、オリンプ、ガタス、アルコンI、ほかのあらゆる居住惑星は、どうなるのか？

わたしは目をしばたたかせ、ヴィールス船が投影するホログラムをじっと見つめた。《エクスプローラー》部隊がたどる、プシオン・ネットのみごとな色彩のうつり変わりがうつしだされる。次の方位探知フェーズが目前にさしせまっていた。われわれは現在、エルファード人の支配宙域、つまり、恒星アアチドと惑星エルファードが存在する宇宙セクターにいる。われわれはヴォルカイルから、この種族の運命と困難について聞いた。手の打ちようがあるならエルファード人を救いたいと考えるようでなければ、われわれはヴィーロ宙航士とはいえないだろう。つまり、次の方位探知フェーズはただの偶然ではなく、裏の考えと結びついたものになる。惑星エルファードは、まったく偶然にも、かつてふたつの銀河アブサンタ＝ゴムとアブサンタ＝シャドがすれ違った宙域にある惑星ボンファイアに向かうルート上に位置するのだが。

「あと二分です」ラヴォリーが伝えた。「この宙域で小休止するという考えは変わりませんか？」

「もちろんだ！」わたしは答えた。「なにが問題かね？　ひょっとしたら、われわれ、偶然ヴォルカイルに出くわすかもしれない。かれの噂を聞かなくなって久しい。きっと、同胞種族のもとにもどっているにちがいない！」

われわれは、期待に満ちて待った。まもなくレインボーカラーが消え、重複ゾーンの無数の星々がひろがる恒星間宙域のおちついた黒色に場所を譲るだろう。

ところが、そうはならなかった。ほとんど気づかないくらいの軽い揺れが船を貫くと、ホログラムが消え、なにも見えなくなったのだ。船の外でなにが起きているのか。

「ラヴォリー！」わたしは、聞こえるほど大きく息を吐きだした。「なにごとだ？」

「未知の影響です」ヴィールス船の意識が告げる。「もう逃げることができません！」

罠だ！　またもや、なんということ。これは永遠の戦士の罠としか考えられない！

船に衝撃がはしった。われわれは投げだされたが、ヴィーがセグメントすべてに、柔らかな反撥フィールドを即座に展開する。乗員は転倒したものの、ゆっくりと床に滑りおちただけで、ふたたび起きあがった。船の衝撃吸収装置の出力が高まる。

ようやく、星々が見えるようになった。ラヴォリーはヴィーロトロンのフードをかぶり、せわしなく動いている。汗がこめかみを伝い、流れおちた。

「ストロンカー！」わたしは首席メンターに合図した。かれは妻のそばに近づくと、おちつかせるようにささやきかける。次の瞬間、ラヴォリーがくずおれた。気を失い、そのまま床に滑りおちる。ファジーとヴィーロ宙航士ふたりが駆けつけ、わきに引っ張りだした。

「ヴィー、どうした？　ホログラムがふたたび消えたぞ！」

ふたたび、映像が出現。探知装置が一隻の船を投影する。それを見て、わたしは思わず息をのんだ。球体外殻は、典型的なエルファード船の建造方式だ。

「強力な拘束フィールドに捕まりました。わたしには、どうすることもできません」ヴィーが告げた。「エルファード船のだれかが、われわれとの接触を試みています！」

「つないでくれ！」わたしは大声を出した。「ヴォルカイルでしかありえない！」

「老人のでたらめだ」隣りでだれかがささやくのが聞こえた。ファジー・スラッチだ。

こちらを、ひどくとがめるようににらんでいる。「われわれ、そもそも出発すべきではなかったのです。あるいは、ほかのルートにすべきだった。ヴォルカイルの船が四球体しか持たないことは、どんな子供でも知っています!」

頭に血がのぼるのを感じた。まるで、いたずらの現場を押さえられた少年になったような気分だ。わたしは突然、ホログラムに向きなおった。琥珀色の鎧が見える。明らかにエルファード人だ。鎧の頭部前面にある格子《こうし》の隙間が、グリーンの炎のようにはげしく光る。

「わたしは、アルマンドラグ。故郷惑星のパトロール船を指揮している。そちらの船の出現に気がつき、しかるべき安全処置を講じた!」

「ずいぶん用心深いな」わたしは応じた。「だが、もうこちらの身元は確認できたのではないか。われわれはヴィーロ宙航士だ。ヴォルカイルを訪ねるため、あるいはその居場所を知るためにやってきた。船を捕らえている拘束フィールドのスイッチを切ってもらいたい!」

「偉そうな口をきいたものだな、トシン=ブル。烙印《らくいん》を押された者のくせに、要求するとは。きみがいるのは、エルファード人の領域だ。われわれはヴォルカイルの居場所を知らない。かれは、非常に不透明な役割を演じている。われわれは、永遠の戦士アヤンネーに仕える者。きみを捕らえられて満足だ!」

わたしはぐっとこらえ、動揺を悟られないようつとめた。いまの言葉で、エルファード人種族にはさらなる好感をいだけそうもなかった。わたしのまわりでは、この者の言葉をどうとらえてよいものか、わかるものはだれひとりいない。故郷惑星におけるヴォルカイルの活動は、それほど実りのないものだったのか？

相手の次の言葉でそれを確信する。

「法典に仕える者として、わたしはきみに選択をゆだねるとしよう」アルマンドラグがつづけた。「戦いか降伏か、どちらが望みだ？」

「降伏だ！」わたしは、すかさず答えた。「われわれは、どうなる？」

「惑星エルファードに連れていく。そこで、わが種族がきみたちを裁くだろう！」

通信はとぎれた。部隊が前進しはじめたと、船が告げる。エルファード船が、部隊を牽引しているのだ。わたしは、反撥フィールドの上に横たわるラヴォリーに近づいた。

たったいま、意識をとりもどしたところだ。

「衝撃があまりに大きすぎたのです。拘束フィールドが彼女には障ったようで」ストロンカーが告げた。

「ただの偶然の一致でした、ブリー」船が告げた。「かれらは、たまたま近くにいただけです。われわれの出現に気づいたさい、ただちに反応し、前進を阻害する拘束フィールドを構築したのです。非常に迅速でした。すべてが、一瞬のうちに起きたのです」

エルファード人は、つねに迅速だ。それにどうやら、これまで同様、法典にしっかりと仕えている。

「わたしの助言を聞いてもらえますか?」ファジーが訊いた。

「もちろんだ。きみは、そのための副官だろう!」

「あなたは、砂の山を探すべきです。惑星ムアントクにあったような!」

「なるほど。それで?」

「そこに頭を突っこむのです。完全に深く!」

副官はわきへ跳びのいた。わたしが頭を掻こうとして、腕をあげたから。

「それをする優先権は、当然きみにあたえられるべきだな、臆病閣下。きみのなかにひそんでいる勇気を、惑星エルファードで見せてやれ!」

＊

惑星エルファードは、ヴォルカイルが話していたとおりの姿をあらわした。広大な海におおわれた、パラダイスのようなジャングル惑星。海のなかに、ちいさな大陸が巨大な島のように浮かぶ。ヴィーは、惑星の赤道から蒸し暑い熱帯の極地帯にいたるまで特徴的な気候を分析した。大気は濃く、雲が豊富だ。地表では一・三気圧に達する。惑星のほとんどいたるところで雨が降っており、ヴィールス船部隊がエルファード船の拘束フィールドに捕らえられたまま、大気層に深く進んださいは、夕暮れのように薄暗かった。地表のわずかな場所にしか、恒星アアチドの光はとどかないようだ。

エルファードには山岳地帯がほとんどない。それでも地質学上の初期に、火山活動によって赤道付近の海から、山の連なる島がひとつ出現したという。面積一万三千平方キロメートルの島は、いたるところ山ばかりで、高さ六、七千メートルの山頂が数十ならぶ。五千メートル級の山々にかこまれたひろく深い谷には、この島と同じ名前で呼ばれるウパニシャド学校がある。そのようすは、まるで島が、英雄学校を支えるという理由のためだけに海から出現したように見えた。

ちいさな大陸のどこにも町は見られない。ときおり、ジャングルをふたつに仕切る壁のごとく、製造施設が出現する。ひろい敷地がひとつ見えた。あれが、われわれのゴールでもある、もっとも主要な宇宙港だろう。

エルファード人の生活圏は、森だった。ジャングルには、ちいさな居住施設が均一に点在するが、上空からは確認できない。それぞれの住居には、エルファード人一名に、ペットと召使いロボットが住む。

ふたたび、アルマンドラグから連絡があった。かれは、高さ百メートルほどの塔が半円形にならぶ場所の近くに、ヴィールス船部隊を着陸させた。塔の先端のあいだにはライトブルーのエネルギー・ラインが輝く。エルファード船が拘束フィールドのスイッチを切り、部隊を塔にゆだねた。塔は、拘束フィールドと同じ効果をもたらす強力な圧力フィールドで《エクスプローラー》部隊をとらえる。ヴィールス船はたちまち重量を増し、みずからの力では発進できそうもない。船に対する影響を避けるため、防御バリアを作動させた。だが、エルファード人がその必要はないと告げる。わたしはエネルギーを節約することにし、ヴィールス船にバリアのスイッチをふたたび切るよう指示した。

十球体船は《エクスプローラー》部隊からはなれていき、宇宙港の反対側のはずれに着陸した。ロボット数百体が地面のハッチから出現し、こちらの着陸床のまわりにせまい非常線を形成する。これでだれも、見つからずにヴィールス船から歩いて出ていくことはできないだろう。同時に、宇宙港の南端からグライダーが接近し、部隊の上空を旋回しはじめた。

「かならずしも歓迎されているわけではなさそうだな」わたしはアルマンドラグに告げた。「エルファード人のだれもが、このように友好的なのか？」

「きみがトシンだからだ。まだ命があることをよろこぶのだな」アルマンドラグはそう応じると、通信を切った。

エルファード船にさまざまな動きが見られたと思うと、十五分もしないうちに、ふたたび出発。宇宙港上空をおおう厚い雲の層のなかに消えた。

「ヴィールス船がかたちを二度と変えることができないのは不利だと、ようやくわかりました」ファジー・スラッチが口を開いた。「いささか冷静になれば、わたしもばかな考えから気をそらせるでしょう」

「どういうことだ？」ストロンカーが驚いて訊いた。「どうすればここから抜けだせるか、考えがあるのか？」

「いまはありません。とはいえ、ヴィーが船の下側を開けられるなら、われわれ、宇宙港に地下トンネルを掘れるのでは。惑星エルファードから脱出できなくとも、せめてこの牢獄からは逃げだせるというもの」

「エルファード人が目を光らせているでしょうよ。かれらはおろかじゃない」ラヴォリーが口をはさむ。すでに回復したようだ。「どんな脱出を試みたって、気づくはず！」

ファジーはおちつかないようすで、円を描いて歩きはじめた。うしろ手を組んでいる。しばらくして、立ちどまった。われわれを見つめ、かぶりを振りながら、

「勇気を出すのに、あなたたちはずいぶん奇妙なやり方をするのですね」と、きっぱり告げる。「あなたたちと関わりあうとは、わたしはなんとあわれなおろか者なのだ」

ヴィールス船の意識が割って入り、この手のさらなる会話を中断させた。大きな箱形の一車輛が近づいているという。前方の御者台らしきものに、鎧を身につけたエルファード人が一名腰かけている。車輛は《エクスプローラー》の近くで停止した。非常線から五十体ほどのロボットが集まり、箱をとりかこむ。

エルファード人が通信連絡をよこした。

「わたしは、《エクスプローラー》の主要メンバーを連れだすように命じられた」と、告げる。「船底エアロックのひとつに向かい、ロボットに身をあずけるのだ！」

「われわれ、生きることがいやになったわけではない」ファジー・スラッチがいいかえした。「それに、おろかでもない！」

「自発的に出てこなければ、力ずくで侵入し、捕まえる！」

「やれるものなら、やってみろ！」

わたしはファジーに黙るよう合図を送り、ヴィーに向かって、訊いた。

「どうすべきだと思う？ われわれヴィーロ宙航士の命がかかっている！」

「ロボットあるいはエルファード人に、なにかを破壊させるわけにはいきません、ブリー。乗員に直接の危険はありません。本当に危険にさらされる人物が唯一いるとしたら、あなた自身です。どうしますか？」

「それは問題ではない。わたしには、ヴィーロ宙航士全員の安全がなによりもだいじだ。そのためなら、わたし個人がどうなろうと、その責任は自分で負う」と、応じた。「わたしに同行する者は？」

ストロンカー、ラヴォリー、パーランが申しでた。三名はわたしにつづいて、通信室の出口に向かう。

「ファジーは？」ストロンカーが叫んだが、ファジーは頑固にかぶりを振り、

「だれかがここにのこらなければ」と、いった。「わたしが船を守ります！」

四名でヴィランの保管場所に向かい、コンビネーションにからだを滑りこませた。反重力シャフトを下降し、箱形車輌にもっとも近いエアロックに向かう。そこで男がひとり、われわれを待っていた。ファジーだ。すでにヴィランを身につけている。

「やっぱり、あなたがただけで行かせるわけにはいきません」ほとんど聞きとれないほど、小声でいった。

「そういいながら、ほとんど漏らしそうじゃないか」ストロンカーが笑った。

「用意はいいか？」わたしは、メンターをとがめるように見つめた。「ヴィー、開けてくれ！」

船を出ると、反撥フィールドが三メートル下の宇宙港の舗装路面までわれわれ五名を運んだ。われわれは歩きはじめ、ゆっくりとロボットに向かって近づいていく。

人型ロボットだ。われわれが知るエルファード人の外骨格にわずかに似ている。ロボットは、発砲準備のととのった武器を手にしていた。この惑星の住民が冗談をいっているのではないという、明らかな証拠だ。われわれを包囲すると、四百メートル先で待機する箱に向かって進む。そこで、一エルファード人に迎えられた。

「これらの船すべてのヴィーロ宙航士の名において抗議する」わたしはソタルク語で告げた。「われわれは、ヴォルカイルの友だ。なぜ、四人のようなあつかいを受けなければばならないのか?」

「きみはあぶない橋をわたっている」明るい、歌うような声で返答がある。「ヴォルカイルを引き合いに出すな。きみはトシンで、わたしにはわたしの任務がある。とはいえ、信じていい。わたしはアジムだ!」

この言葉を聞いても、なにもわからなかった。昔から存在する言葉ではないにちがいない。たしかに、アジムが〝思慮深き者〟を意味するとは知っているものの、惑星エルファードでそれがどう関わってくるのか、わたしも仲間も知らないからだ。おそらく、すぐにわかるだろうが。

「よかった。すくなくともこの惑星の一名は思慮深いわけだな」わたしはいったが、相手は挑発に乗ってこない。なにも応えず、名前さえ告げなかった。

われわれは、箱形車輛に乗りこんだ。箱の細い隙間から、外を眺めることができる。車輛が動きはじめた。宇宙港の敷地をはなれると、もうダークグリーンのジャングルしか見えない。半時間ほど進むと、地面が下降しはじめた。車輛は、惑星地下のトンネルのような開口部に向かう。長く連なる照明が点灯し、周囲が明るくなった。引っかくような音がし、どこかで出入口が開いたか、あるいは閉じたとわかる。まもなく、車輛は停止した。ドアが開き、われわれは降りるよう告げられた。

車輛を降りると、そこはホールで、そこから、いくつかのトンネルあるいは通廊が枝わかれする。われわれはふたたび、武装したロボットと向きあっていた。はなればなれにされ、さまざまな方向にひとりずつ連行される。ファジーは嘆き、わめきはじめた。ドアが臆病者の背後で閉まると、その声はもう聞こえない。

「すべてが、まもなく明らかになる！」わたしは、肩ごしにうしろに向かって叫んだ。「責任者と話すつもりだ！」

「それはいいですね」ストロンカーの声が聞こえた。「ですが、急いでください！」

ロボットに連れられ、通廊を進み、反重力シャフトに向かう。さらに下降し、シャフト出口のひとつでとめられ、ごく近くのドアに通された。殺風景な部屋に迎えられる。

「ヴォルカイルと話すことを要求する」わたしは、すぐうしろに立つロボットに告げた。

「きみたち種族の客人に対して、これはふさわしくないあつかいだ！」

「トシン！」ロボットが応じた。まさに軽蔑するかのごとく聞こえる。わたしは右腕をあげた。怒りでいっぱいになり、マシンのヒューマノイドのような頭部にこぶしを見舞ったが、びくともしない。

「いまは、これくらいにしておいてやる！」わたしは叫んだ。「だが、きみたちには気の毒なことになるだろう！」

ドアが閉まり、わたしは囚われの身となった。ロボットを殴ったせいで、手が痛かった。

5

シャブル大陸に夜の帳《とばり》がおり、密生した熱帯雨林があらゆる光をのみこむ。

多種多様なハリケーンのたてるさまざまな音がしずまった。動物も鳥も眠っている。ただときおり、ちいさな電波虫がさらにちいさな獲物に跳びかかり、これをむさぼるたび、蔓草のはざまが一瞬ほのかに光る。

グライダーのしずかなうなりが眠気を誘った。機体は、まだ暗闇に横たわる林道に向かって降下する。林道の突きあたりには談話小屋があった。

シェマティンはひとり、考えごとにふけっている。すでに医療ステーションをはなれることができた。正確にいえば、自分がさっさと出ていくことを、ロボットがじゃまできなかっただけ。痛みもなく、意識は以前のようにはっきりしている。ほとんど命を失うほどの大事故に遭遇した後遺症は、精神的にはなにもない。ただ肉体的には、まだ不安定だが。

そんなシェマティンは、惑星エルファードが恒星アアチドを五千回ほど公転するのにかかるくらい長い人生を送ってきた。エルファード人が黄金期と呼んでいた時代の記憶に思いを馳せる。いまより二十五万年から五万年前までのことだ。黄金期は、およそ五千年間つづいた大災害のはじまりによって終わりを告げた。その数千年後、つまり、ほぼ三万三千年前に戦士アヤンネーはもどってきたのだ。

とはいえ、それらすべてはそれほど重要なことなのか？　シェマティンは、ちいさな同胞種族のあらゆるメンバー同様、あまりに深く過去と歴史にとらわれていたため、もっともかんたんなことを忘れていたのかもしれない。当時、遺伝子変換プロセスに着手したのは、自分たち種族だったのだ。アヤンネーという永遠の戦士が訪れるまで、だれもこの展開に影響をおよぼすことはなかった。公けには、アヤンネーがエルファード人を救ったことになっているが。

伝承のほかにはなにもこれを証明するものはなく、種族の史実によれば、エルファード人は外部からの援助がなくとも、みずからを救うことが可能だったとわかる。ならば、アヤンネーにどれほどの功績があるというのか？

「着陸します」自動操縦装置の声が響いた。「まだ談話小屋に行くつもりですか、それとも医療ステーションにお連れしましょうか？　あるいは自宅へ？」

「談話小屋だ。ほかのどこでもない！」

シェマティンはからだをひとまとめにし、外骨格の上に滑った。甲冑は、キャビンの照明の鈍い光につつまれ、ゴールドに輝いている。そのまま、鎧のなかに流れこみ、ひろがった。このなかにいると、不安に駆られることがある。あのとき以来、ひとりきりになって自分自身と向きあい、考える時間が飛躍的に増えた。いまは、またそれとは違う理由だが。鎧を自分の一部として受け入れることには、すでに成功している。鎧は過去の遺物として、しっかりと自分に属するものだ。決まったかたちを持たないこのからだに、意識が属するように。

鎧は仲間の視線から自分を守り、傷のせいで受けるであろう不快な質問をまぬがれさせる。いずれにせよ、どのような不運が自分に起きたのか、噂はひろまるだろうが。あらゆる出来ごともニュースもメディア・プールに記録され、エルファード人それぞれがいつでも呼びだすことが可能だから。

シェマティンは最近、その作業もひどくないがしろにしていた。そのあいだに、なにが起きたのか知らない。内向的なあまり、奮起してあらゆる情報を確認する気になれなかったのだ。

自分のような者と話がしたい。わたしはアジム、この惑星の〝思慮深き者〟の一名だ。談話小屋でほかのアジムと会い、会話することで心のよりどころを見つけたい。法典忠誠隊の精神的ライヴァルとしての〝思慮深き者〟。これこそが、惑星エルファードの長年にわたる関心事だった。最初のころは、ヴォルカイルがやってきて、永遠の戦士の部隊司令官として任務についた時代の話を同胞種族に聞かせたもの。エレンディラ銀河ではカルマーに、シオム・ソム銀河ではイジャルコルに仕えたという。その後、かれは上官メリオウンにより、エレンディラ銀河から呼びもどされ、惑星マルダカアンの生命ゲームに送りこまれた。そこで、ヴィーロ宙航士のリーダーと戦うことになる。イジャルコルの策略により、法典分子を全身に満たされて。ヴィーロ宙航士イルミナ・コチストワが手遅れにならないうちに解毒剤を服用させなければ、命を失っていただろう。それ以来、ヴォルカイルは永遠の戦士の敵対者を公然と名乗るようになった。ヴィーロ宙航士と手を組んで永遠の戦士に反旗をひるがえし、あらゆる銀河を旅して、法典の無意味さを説いてまわっているという。

そして、アヤンネーやイジャルコル、エスタルトゥ十二銀河におけるほかの戦士の追っ手から、ゴリムと同じくつねに逃げていた。

グライダーが停止する。シェマティンは、ヴォルカイルのことを考えないようにした。外骨格を動かし、グライダーを降りる。ライトブルーの光が道を照らした。その道は、藪のあいだに見えかくれする細長い建物につづく。正面玄関の光るシグナルで、ほかのエルファード人が談話小屋にいるとわかった。

一瞬、躊躇《ちゅうちょ》した。振りかえり、グライダーのドアが閉まるのを見つめる。機体はもうなんの音もたてない。自動装置は、所有者がもどるまで待機するだろう。

シェマティンは、もたもたと動きだした。かたい路面の上を歩く音が、なぜか不自然に耳に響く。建物に近づくと、足音は聞こえなくなった。路面が変化したのだ。硬質プラストから柔らかい苔になり、自然のクッションが甲冑を弾《はず》ませる。

正面玄関にたどりついた。玄関は、空気壁のあいだでななめに見える。近づくと、音もなく開いた。通廊に迎えられ、悠然と足を踏み入れる。ドアと通廊が存在するいたるところにちいさな赤いランプがともり、これにより、瞑想室もちいさな談話室もすべて使用中とわかる。だれとも約束をかわしていないため、いずれにせよ、気にしない。かなり先に進むと、談話ホール〝マズン・グンゾ〟の入口に到達した。

談話ホールは、ドアによって仕切られていない。ヒューマノイド形の柱二本が入口をしめし、通廊と楕円形のホールを区切っていた。しずかだ。ほとんど静寂といえる。多くの外骨格の影だけが、ホール内にエルファード人たちがいることをしめす。

シェマティンは、感覚器官を作動させた。格子の奥の目が輝きはじめる。おもむろに、ホールに足を踏み入れた。

だれも、新参者を気にかけるようすはない。そのまま会話はつづき、シェマティンは聴覚器官を閉じた。自分になんの関係もない会話を盗み聞きするのは、ぶしつけというもの。ホールの中央に向かった。そこには、暗紅に光るちいさな球状の魚が泳ぐ水槽がある。エルファード人の外骨格のような棘で武装し、ときおり白っぽい腐食性の毒を噴射する。だが、エルファード人にとっては危険ではない。

シェマティンは、顔見知りのアジム二名に気づいた。二名は話しつづけ、シェマティンは水槽の横で立ちどまる。ちいさな魚を見つめ、グリーンの沼での不幸な事件を思いだした。あの沼グロッケは、池の苔地面の下のちいさな水路のなかに落ちたにちがいない。水路は、地下水面がとりわけ高いとき、豪雨のあとにときおり出現するのだ。

背後で硬質な足音がした。振りかえり、目の前の甲冑を見つめる。

「聞いたよ、シェマティン」声が響いた。ほかの者と容易にまちがえそうな声だが、目の前にいるのはメグラマトだとわかる。「元気そうでよかった！」

「ありがとう、メグラマト。ショックな事件だったが、克服したよ！」

〝ショック〟という言葉を発した瞬間、ふたたび、あのなんともいえない感じがした。こんどは、一度めのときよりも強い。まるで、感覚がすべてを瞬時に不鮮明で曖昧に認識するかのようだ。時間感覚を失ってしまい、それがどれくらい長くつづいたのか告げることができない。集中できないでいるうちに、その状態は通りすぎた。

「どうした？」友が訊いた。その声から、気づかいを感じる。シェマティンが丁重に応じると、メグラマトは満足したようだ。話題を変え、こう切りだす。「トゥルポルとクウィデンゲル・スプ・タルがわたしのところにきた。きみも知っていると思うが」

「いや、知らない。なにをしにきたのだ？」

「パニシュ・パニシャは、われわれがアジムを攻撃するべきだと要請してきた。懐疑的なエルファード人がいることを理解できないのだ。ときおり疑って考えることは、あらゆる知性体の特権なのだが。考えない者は、ロボットということ！」

シェマティンは、曖昧な決まり文句で同意を告げた。メグラマトの話は、なにも目新しいものではない。さらに、法典忠誠隊がアジムに対抗処置をとることがないのも明確だ。逆もまたしかり。惑星エルファードの種族は、たがいに戦うにはあまりに円熟していた。これは、パニシュ・パニシャにとり、頭痛の種にちがいない。

シェマティンもまた、〝頭痛〟という言葉にとらわれた。頭痛が存在するのは、脳ともっとも重要な感覚器官がおさめられた頭部をエルファード人が持つことを、外骨格がすくなくとも外見的に証明するかぎりにおいてだ。

「パニシュ・パニシャは、いつの日かアヤンネーに注進するにちがいない」メグラマトがつづけた。「惑星エルファードは、困ったことになるだろう。それはすべて、だれのせいだ？」

「ヴォルカイルだ！」シェマティンがきっぱりと応じた。

「ヴォルカイルが、われわれに思慮深さをもたらした。かれは、自分の身に起きたことを告げ、われわれの生活規範に抵触する多くの残酷なことがらについて知らせたもの。それでも、われわれエルファード人が実際、異種族の行動様式についてとやかくいっていいものか？　どの種族も、ただみずからにのみ責任があるのだ！」

首席検事は、すべてをおだやかで自信に満ちた調子で告げた。これまで法典忠誠隊のだれも、ヴォルカイルに対して真剣に異議を唱えた者はいないだろう。ヴォルカイルはエスタルトゥ十二銀河において、もっとも名の知れたエルファード人であり、その言葉には重みがある。

「よくぞ、いってくれた」シェマティンが同意した。「だが、きみはそれをわたしに告げるためだけにここにきたのか？」

「この話を知らないということは、ほかの話も知らないだろうな」メグラマトがつづけた。「われわれのパトロール船がヴィールス船の一部隊を拿捕《だほ》し、トシン＝ブルを捕えたらしい。その者は法典と永遠の戦士に敵対しているため、起訴しなければならない。法典がそれを要求している。ブルを戦士アヤンネーのもとにとどけてもかまわないが、それでは、われらが種族が未熟者呼ばわりされるだろう。われわれ、みずからを代表し、恒久的葛藤の意に沿って行動できる。われわれのだれもが法典の戒律を知るから！」

「その者は異人で、力の集合体のメンバーではない」シェマティンは、すかさずいった。「そのトシンに独自の道を歩ませるべきだ。われわれには、ブルについて判決をくだす権利はない。だれが、かれの起訴を望むというのか？」

「わたしだ」メグラマトが応じた。「法典に忠実なエルファード人全員も。アジムも、これについてだれも異論は持たないだろう！」

「われわれアジムは、法典に反対している。それにきみ自身、どの種族もただみずからにのみ責任があるといったではないか？　異人のひとりがトシンの印を持つというだけで判決をくだす権利は、われわれにはない。ひょっとしたら、ヴォルカイル同様、宿命によってやってきたのかもしれないぞ！」

「その者は、〝パーミット〟を破棄した。それは犯罪だ！」

「バキ・キムヤ！」シェマティンはメグラマトを立たせたまま、アジム二名のところに向かった。会話にくわわってもかまわないと、こちらに合図してきたのだ。

「われわれ、その異人を見捨てるわけにはいかない。トシンの面倒を見なければ。だれが弁護を引き受ける？」二名が同時にいった。シェマティンはかたまった。

「きみたちがいいたいのは……」と、はじめる。「察してくれ、わたしはけがをしているのだ。それに、まもなく……」シェマティンは恥ずかしそうにいいよどみ、押し黙った。アジム二名も、なにもいわない。しばらくして、こう告げた。「ま、よかろう。考える！」

「いつだ、シェマティン？」

「いまだ。わたしには、トシン＝ブルの弁護を引き受ける用意がある」

そう告げると、踵を返し、マズン・グンゾを急いで立ちさった。ホールを去るさいのささやき声のほうが、入場時よりも大きい。

「シェマティンは賢明だ」賞讃する声が聞こえた。「われらが故郷惑星のスター弁護士だから！」

＊

エルファード人の鎧は、とうにわたしに敬意を起こさせなくなっていた。ドアが開き、棘つき甲冑が見えたときも、わたしは身動きせず、すみでうずくまったままでいた。エルファード人がなかに入ってくる。

「つまり、きみがトシンのヴィーロ宙航士、ブルか。惑星エルファード付近に姿を見せたのは賢いとはいえなかったな。われわれエルファード人は、公正で円熟した種族だ。きみは、アヤンネーの追っ手から逃れた。だが、われわれは逃さないだろう。判決がくだり、刑が執行されるまで、きみの船とその乗員は出発できない」

「このあつかいに抗議する。捕らえられ、腰をおろす椅子さえない独房に監禁されたのだ！」

「ならば、やり方が違うのさ。トシン用の椅子を！」

相手がそういうと、エネルギー・フィールドがわたしをつかみ、床から持ちあげる。気づいたときには、すでにフィールドがからだにぴったりした快適な椅子と化していた。

「こういうことだ」エルファード人がいった。「つまり、抗議する必要はない。冷静になってもらいたい。きみに話がある！」

相手もまた、不可視のエネルギー構造体に腰をおろす。

「きみはだれだ？」わたしは訊いた。

「わからないか？　わたしはメグラマト、惑星エルファード裁判所の首席検事だ。たいていの場合、わたしが起訴するのは異人だな。わが種族は判決を必要としないから。同胞は、だれもが成熟した個人だ。だれも、法典に抵触しようなどは夢にも思わない。それに、アジムはわれわれ自身で意のままにできる」

「アジムとは？」

「ヴォルカイルの公的支持者たちは、そう名乗っている。かれらにも、同じことがあてはまるわけだ」

「なるほど」わたしは応じた。「ならば、わが額に深紅の印があることをしばし忘れてくれ。ヴォルカイルも、だれかに捕まったなら、同じ印を得るだろう。ただ、印をそのからだのどこかに刻む者が見つからないだけ。わたしもまたアジムであり、きみの鎧は、きみの種族がかつてわが種族と似たような姿をしていたことを思いださせる」

エルファード人が跳びあがった。どこか妙なその動きから、わたしは、椅子がたちまち消えるのがわかった。鎧がドアに向かってもどっていく。

「きみには、いまいったことの意味がわかっていない……」歌うような声が聞こえた。もはやおだやかな調子ではなく、金切り声のようだ。「ただちに、とり消せ!」「なにをとり消せというのだ? わたしの推測か?」

「ドアよ、開くのだ!」メグラマトが押しだすように言葉を発した。ただちにドアが壁にスライドして開き、首席検事は部屋を飛びだしていく。かわりに、ほかのエルファード人二名が、武装したロボット二体を連れて入ってきた。

わたしは動かなかった。あることに気づき、物思いに沈んでいたのだ。われわれはすでに何度も体験したもの。エルファード人は、われわれ人類に面と向かうと不安に駆られるようだ。まるで、その世界観を揺るがすには、われわれの姿を見るだけで充分であるかのごとく。ヴォルカイルもしかり。そしていま、このありさまだ。エルファードの首席検事と自称するメグラマトが、わたしの言葉に動揺し、逃げだした。

「で、これからどうなる?」わたしは、エルファード人二名に訊いた。「きみたちは、祖先がかつてどのような姿をしていたか、本当に知らないのか? アブサンタ=シャドには、かつての植民地エルファード人が住む惑星はもうひとつもないのか? まだヒューマノイドのからだを持っていた時代のエルファード人が住む惑星は?」

エルファード人二名は、おさえたうなり声をあげた。ロボットの武器アームがわずかに伸び、こちらに向けられる。

「ヴォルカイルは、われわれに語った」鎧姿の一名が、高く鋭い声をあげた。「過去について話し、法典に関する経験を語った。われらが種族は、経験が増えることをよろこんだもの。われわれは二名ともアジムで、あなたを裁くことが重要だとは思っていない。それでも、種族が変革期にあることを承知おき願いたい。つまり、退行し、永遠に法典に帰属する可能性があるということ。とはいえ、永遠の戦士から解放され、それにより、生涯における静止状態を脱する可能性もある」

「その静止状態はどこから生じたものか？」わたしは、訊きかえした。「恒久的葛藤の原理のせいではないか！」

「それは、さして重要ではない！」ドアがふたたび開き、さらにエルファード人が一名入ってきた。はじめは、メグラマトがもどってきたと思ったもの。しかし、このエルファード人は、首席検事よりもずっと冷静なようだ。

「かれはシェマティンだ」いままで、わたしと話していたエルファード人が紹介した。「シェマティンはこの惑星における、われらが種族のもっとも著名な弁護士だ」

「わが粗末な独房にようこそ、シェマティン！　どうか、腰かけてくれ。囚《とら》われの身であるがゆえ、たいしておかまいはできないが！」

このエルファード人も、エネルギー構造体に腰をおろした。椅子が不可視だと、そこにただすわる外骨格は、どこかグロテスクに見える。この瞬間、軟体生物の脳内ではなにが起きているのだろうか？

「わが種族にかわって謝罪する、トシン＝ブル」シェマティンが告げた。「ほかにどうしようもないのだ。実際の葛藤は、まだ終わっていない。アジムのなかには、惑星エルファードの種族が最終的にわれわれに返ってはじめて、永遠の戦士に関する問題は解決すると主張する者もいる。それには、まだ時間がかかるだろう。ヴォルカイルは遠くにいるし、われわれにはかれの英知が欠けている。かれ以上に賢いエルファード人に会ったことがあるか、ブル？」

「そもそも、ヴォルカイルのほかのエルファード人はよく知らないのだ」わたしは応じた。「だから、判断できない。だが、なぜ恒久的葛藤がさして重要ではないのか？」

「惑星エルファードの住民が永遠の戦士からはなれることはほとんど不可能だ。エルファード人の精神構造のせいで。さらなる進化を妨げる静止・硬直状態は、われわれにとり、それゆえ似たようなもの。われわれは進化に対して恐れをいだき、多くのエルファード人が後退を切望している。ヒューマノイドの姿にもどることを。いまの状況が長いこと、変わらないのであれば。それは意識的にではなく、潜在意識下で生じるものだ。

わたしはいまメグラマトと会い、その精神状態に気づいた。友が精神バランスをとりもどすまで、何日もかかるだろう。あなたは首席検事をひどく苦しめたようだ、トシン＝ブル。ひょっとしたら、友はあなたのことを悪く思っているかもしれない。いまにわかる。まもなく、公判期日が訪れるだろう」

「それまで、どうなる？　わが同行者の《エクスプローラー》のヴィーロ宙航士はどうなるのだ？」

「かれらには待ってもらわねば。わたしには、どうしようもない。そう決まったのだから。これに反対する理由もない。ヴィーロ宙航士のことは、よくわかっている。あなたたちが無害な存在ならば、地上を自由に歩いてもらってかまわないし、どこでも自由に見てまわり、エルファード人と同じ食卓につくこともできただろう。だが、われわれは、あなたたちをわが同胞種族から遠ざけることが正しいと判断した」

　わたしには、シェマティンの言葉がわかりすぎるほど理解できた。過去に対するトラウマに苦しむエルファード人のなかには、われわれヒューマノイドとつねに接触することで、正気を失う者がいるかもしれない。エルファード人にこれまで、危険だという理由でわれわれを監禁することはなかった。まったく逆だ。かれらの武器システムは、われわれのそれよりも、はるかにすぐれているから。《エクスプローラー》部隊の拿捕がこれを証明していた。いま、かれらは同胞種族をわれわれから守ろうとしている。精神的に不安定だから、これほど多くのヒューマノイドを見るのに耐えられないのだ。

「いまなら理由がわかる。きみたちの種族がなぜ、かつての植民地エルファード人との接触を断ったのか。きみたちには耐えられないからだ！　昔の肉体への憧れにより、精神的に破綻するだろうから！」

「それについてすべてわかっているなら、ヴォーロ宙航士ブルよ、われわれアジムには、あなたと仲間のためにできることはもうこれ以上ないとわかるな。あなたの公判は、ごく小規模なものになるだろう。とりわけ精神的に強いエルファード人だけが参加する。わたしはすでに、あなたの弁護を引き受けるつもりだと表明した」

「感謝する。手遅れにならないうちに、きみの戦略を教えてもらえるだろうな」

「異人よ、戦略などない！」シェマティンは、歌うような声をあげた。「ただ、事実、真実の発見、公正な判決があるだけだ！」

シェマティンは立ちあがり、ドアに向かった。その呼びかけに応じ、ドアが開く。弁護士は誇らしげに胸を張って出ていき、ほかのアジム二名とロボットがそのあとにつづく。わたしは、フォームエネルギーからなる不可視の椅子にすわったまま、その場にひとりとりのこされた。考えすぎて頭がぼうっとしている。わたし個人の運命には目下のところ、たいして関心がない。エルファード人種族の運命に集中して考えた。それは、わたしに影響をあたえずにはおかなかった。

ヴォルカイルが近くにいてくれたらよかったのだが。これまで、かれのことを全エルファード人の代表とみなしていたもの。だがいまや、この推測がかならずしも的を射たものではないとわかった。

だれかが援助を必要としているとすれば、それは、故郷惑星に住み、恒久的葛藤の教えを唯一の支えとする、ここのエルファード人種族だ。

とはいえ、わたしは知っている。この種族は援助の手を借りることもなければ、助けられたいとも思っていない。

われわれ、植民地エルファード人にはすでに遭遇したことがあるのか？ かれらは、われわれのことを知っているのか？ 現在、なんという種族名を名乗っているのか？ かれらは二度と、故郷惑星のエルファード人と共存することは許されない。それは、集団ヒステリーを引き起こすだろうから。

ならば、どのようにわれわれヴィーロ宙航士がかれらを助けることができるのか？

わたしはとほうにくれ、そこにすわっていた。どの考えも袋小路に入りこむ。この問題の前では、わたしはあまりに無力で、相対的不死者にも限界があることを認識せざるをえなかった。

*

ボニファジオ・スラッチは、ロボットの手荒なあつかいに対し、かならずしも感謝する気になれなかった。実際、まったく手荒とはいいがたいが、それでも、私生活に対する不合理な干渉ととらえる。

「これ以上、きみたちの冷たい手につかまれていたら、リウマチと痛風にかかりそうだ」と、いい、心のなかでロボットをどなりつけた。返答があるはずはないと思ったが、それは思いちがいとわかる。

「もっと細かく説明してください」ロボットの一体が訊いた。「どこで、そのふたつにかかるというのですか！」

スラッチは当惑し、黙りこむ。そのまま、ロボットにせまい独房に連れていかれ、置きざりにされた。すでに二週間ほど、この穴蔵ですわるか、横たわるか、立っている。この独房でひとり言をいうとどのような結果を招くかは、すでに何度か経験ずみだった。「悪魔にさらわれてしまうがいい」これは、口にすると独房になにかが物質化するキイワードのひとつだ。〝悪魔〟というと、トイレが出現した。ただドアにハート形がついていないだけの、ちいさな小屋だ。このようにして、スラッチは多種多様なものを呼びだした。重装備の小型車輛まで。車輛はちょうど独房におさまりきるくらいの大きさで、スラッチはほとんど押しつぶされそうになった。それ以来、自分の発言には、いささか慎重になったもの。

「食べ物と飲み物！」スラッチは声に出していった。「鶏肉少々と赤いフルーツ・ジュース、それにコロッケ、テラのサラダもいいな」つづいて、詳細を説明すると、まもなく、ほのかにピンク色に輝くエネルギー・テーブルとともに品物が出現。鶏肉もコロッケも問題ないが、サラダだけは食べられたものではなかった。どうやらコンピュータは、テラのレタスに相当するものを惑星のジャングルで見つけられなかったようだ。フルーツ・ジュースはコーヒーの味がしたものの、ブラッドオレンジのように赤い。スラッチは、ヴィランはいくつかテストしたのち、それらが無害なものと保証した。
おいしそうに料理にかぶりつく。

食べながら、考えた。ブリーとほかの仲間はどうなっただろうか。具体的理由はまったくないものの、心配でたまらない。友たちが判決を受け、殺されるようすを、もっとも悲観的に思い描く。鶏の腿肉《ももにく》を手からはなすと、不快感をいだいて食べ物を見つめた。最後の晩餐だ！　頭のなかを駆けめぐる。いまいましい最後の晩餐だ。これが二週間つづいている。あとどれくらい、わたしをこのような方法で苦しめるつもりなのか？

スラッチは、声に出して考えはじめた。どこかにかくしマイクが存在し、自分の発言すべてを認識すると知っている。自分の考えを語りはじめ、なぜ、ますます狂気の限界に近づいているかを説明した。声はさらに大きくなり、とうとう、ジュースが半分のこるグラスを壁に向かって投げつける。グラスは音をたてて粉々になった。ただのプロジェクションではないという、明らかな証拠だ。この状態をどんどんエスカレートさせた。いまや、完全に気が狂ったように見えるだろう。二時間にわたり、このようにふるまった。すると、ロボットが迎えにきた。こんどはロボットの鉄の手に拘束されるとわかり、泣きわめいて暴《あば》れるのを交互にくりかえす。箱形車輛に閉じこめられ、連れていかれた。車内はからっぽで、運転手の姿もない。おそらく、ロボット制御の車輛だろう。

スラッチは、最後の時を待った。車輛から脱出したところで、なんの意味もない。ドアと周囲は、継ぎ目なく閉ざされている。唯一の窓らしきものは、側壁についた二、三の展望スリットだ。

テラナーは、さらに泣きわめいた。そして、とりつかれたかのごとく、ふたたび壁をたたきはじめる。

ようやく、車輛がとまった。エルファード人二名に、外に連れだされる。二名は、ちいさな箱形プロジェクターを携行し、テラナーのまわりに拘束フィールドを構築した。そのまま、捕虜を地面からわずかに浮かせると、ドアはひとつあるが窓のない建物に向かって連れていく。

「人殺し！」スラッチが金切り声をあげた。「きみたちは、わたしを殺すためならなんでもするのだな。エルファード人は、卑劣な殺人者だ。きみたちを軽蔑する！」

鎧姿のエルファード人が走りはじめた。テラナーをいっしょに引っ張っていき、建物のなかに浮かせると、プロジェクターを捕虜に向かってうしろから投げつける。装置は床に落ちて粉々になり、拘束フィールドが消えた。スラッチは不意をつかれ、膝をついた。こうべをめぐらせる。出入口はすでに閉まり、エルファード人の姿はもうまったく見えない。

「おやおや」スラッチは声をあげた。あたりを見まわす。そこは、ほのかに照らされた通廊だった。どこか向こうのほうから、規則正しく足を踏み鳴らす音がする。歩行用につくられたロボットが、つねに引き起こす音だ。スラッチは行きあたりばったりのドアに急ぎ、その奥に姿を消した。いまいる部屋は、装備保管庫のたぐいだろう。部品庫だろうか。

ここがショックを受けたエルファード人をふたたび安定させるための精神施設だということを、かれは知らなかった。もっとも著名な目下の患者がメグラマトという名前であることも、予想もしていない。名前を知ったところで、どうしようもなかっただろう。棚に沿って急いだ。どうにか武器として役だちそうなものを探すが、見つからない。樽形構造体の前で立ちどまった。それは腰の高さまであり、掃除機を彷彿させる。

スラッチは、そうすべきでなかったのに、荒々しく音をたてて息を吸った。すこしの音もたててはならなかったのだ。突然、樽から触手が伸び、からだに巻きついてきた。数秒ほど静止したあと、樽は動きはじめ、テラナーをロボットの待つ通廊に運びだす。ロボットはこの〝荷物〟を側面からかかえながら、通廊の奥の突きあたりまでくると、反重力シャフトで一ホールまで上昇。ホールの壁からは数十個のパレットが突きでている。樽がテラナーを解放すると、ロボットはかれをパレットのひとつに押しつけてその上に寝かせ、手首と足首をバンドで固定した。スラッチは両手をわずかに上にひねり、手首とバンドのあいだに、本来必要とされるよりもひろい隙間をつくった。ロボットは、これに気づかない。患者を横たわらせたまま、その場をはなれていく。

スラッチは、うなりをあげるカメラを見つめた。監視されている。ふたたび、わめきはじめた。ヴィランを着用してくればよかった。独房に置いてきてしまったのだ。くつろごうとして脱ぎ、そのまますみに押しやってある。監禁されてからというもの、ヴィランは毎日ずっと、クロノメーター、料理の分析装置、医療アドバイザーとして役だってきた。ただ、エルファード人がすでにエネルギー・フィールドを構築していたから、武器としてのみ投入できなかったが。

突然、歌うような声が頭上で響く。

「ヴィーロ宙航士は、なにもいわない。病気なのか？」

「わたしは病気ではない。こうして話しているではないか！」スラッチが陽気に叫んだ。

「実際、そのばかげた質問でなにが知りたいのか……？」そこで口をつぐみ、考えこむ。数秒後、訊いた。「パーランのことをいっているのだな？ あのヴィーロ宙航士は話せない。わかるか？ 声を持たないから、意志を伝えることができないのだ！」

長いあいだ、沈黙が支配し、スラッチは、相手の質問がなにを意味するのか考えた。パーランになにかあったのか？ まさか、自殺したとか？

テラナーは、頭に血がのぼるのを感じた。なぜ、これまでパーランのことを考えなかったのか？　友は、独房で完全にとほうにくれたにちがいない。

「かれはもう動かない」エルファード人が、ふたたび告げた。「われわれ、まちがいをおかしたようだ！」

「かれのもとに行かせてくれ！」スラッチは頭をそびやかし、叫んだ。「友になにかあってはならない！」

応答はない。周囲を見わたした。ロボットの姿は見あたらず、ひとりきりだ。そっと両手をひねってみると、バンドがゆるんだ。両腕をからだに引きよせた。慎重に、上体をわずかにうしろにそらし、手首に巻きついたバンドから両手を引きぬこうとする。これを試みる数秒が、永遠に思えた。バンドはまだ比較的しっかりと固定され、はずせば擦り傷をつくってしまうだろうが、スラッチはそれも気にしなかった。エルファード人がなにかしでかしたのではないかという思いに、駆りたてられる。自分にも、死の危険が迫っているかもしれない。

とうとうバンドから両手が抜け、からだを起こす。足首のバンドをゆるめると、パレットから滑りぬけた。ホールを急いで横切る。スイッチを切られたロボット一体を見つけて、その武器を抜きとり、手に入れた。武器の機能をためしてみる。監視カメラに狙いを定めたものの、思いなおした。カメラを破壊すれば、気づかれるだろう。そのままにしておけば、短時間であれ、自分の失踪に気づかれない可能性もある。建物内のエルファード人が、パーランの面倒を見ているだろう。

スラッチはホールを出た。通廊を急ぎ、反重力シャフトに跳びこむ。シャフトが下向きに動いているのは、確認ずみだ。

出口に到達すると、わきの壁に埋めこまれた制御パネルを操作し、ドアを開けた。外のようすをうかがう。目の前に、スポンジ状の柔らかそうな塊りが見えた。塊りはこちらに気づき、鋭い悲鳴をあげる。

ボニファジオ・スラッチは、本能にうながされるまま反応した。ジャンプして後退し、逃げだそうとしたのだ。だが、理性がまさる。武器を抜くと、プラズマ生物を狙った。鎧を身につけていないエルファード人だ。ひょっとしたら、病人かもしれない。

「動くな。さもないと、撃つぞ」と、ささやく。「そのまま、外にいるのだ。わたしを通らせてくれ！」

生物がわきに滑る。スラッチは、この生物がグライダーでやってきたとわかった。このような脱出の機会は、もう二度とないだろう。

「そこにある機体に向かうのだ。いうとおりにしろ。さもないと、ただちに撃つぞ！」

「ひとつだけ、たのみがある！」エルファード人が歌うように応じた。「わたしを見ないでくれ！」

「なぜだ？　わたしはきみの同胞種族か？」

　この言葉はエルファード人の心をいささか開かせたようだ。というのも、相手がグライダーに急いで向かったから。

「おかしなまねはするな。きみの外骨格はあずかっておくからな。グライダーに置いてあればだが！」

　エルファード人は、鋭く甲高い声をあげた。グライダーの乗降口が開く。スラッチは、生物がなかに滑りこみ、操縦席によじのぼるようすを抜かりなく見張った。屋外は、すべてがしずかなままだ。逃亡は、まだ気づかれていないらしい。

「手動操縦で！」スラッチが要求した。「可能なかぎり、ジャングルの上ぎりぎりを飛ぶのだ。ゴールは宇宙港。つまり、ヴィールス船部隊だ。このゴールに到達するのをだれかがじゃましようとすれば、きみが命を失うことになる！」

「わかった」エルファード人が興奮して、口笛のような声をあげた。

　実際、グライダーの奥に鎧があるのにスラッチは気づいた。これを身につけたエルファード人は無敵だ。それゆえ、ヴィーロ宙航士は、エルファード人と外骨格のあいだに陣どった。

　グライダーは離陸し、ジャングルの上空を飛んでいく。スラッチは外を眺めた。十五分もたたないうちに宇宙港が見えてくる。グライダーは通信で呼びかけられた。

「相手にありのままを告げるのだ！」スラッチが要求した。名前さえ知らないエルファード人がこれにしたがう。グライダーはじゃまされることなく飛びつづけ、スラッチは機体をヴィールス船部隊に向かわせた。エルファード人に通信を確立するよう命じる。まもなく、ヴィーロ宙航士のひとりがモニターにうつしだされた。

「構造亀裂が必要だ！」と、スラッチは告げた。「急いでくれ！」

ヴィーロ宙航士たちは、かれの姿を見て驚いたようだが、それでも要求に応じた。もちろん、スラッチがいくつかの質問に答えたあと、その精神力にはすこしの衰えもないと、かれらが確信してからだが。

グライダーは、指示にしたがい、一エアロックのところでテラナーをおろす。スラッチはこういって別れを告げた。

「ついていたな、エルファード人。事情が違えば、まずいことになっていただろう！」

プラズマ生物はグリーンに輝く両目を見開き、どことなく悲しげにテラナーを見つめ、

「わたしを殺さなくて正解だった。これで、ブルは公明正大な裁判長のもとで裁かれるだろう。なぜなら、わたしが裁判長のトゥルポルで、まだ公判にはまにあうから！」

グライダーのドアが閉まり、遠ざかっていった。スラッチは、考えにふけりながら、ヴィールス船内に入る。それでも、気をとりなおした。

「通信室、聞こえるか？」

「聞こえるとも」応答があった。

「圧縮ハイパー通信を送りたい。だれかに知らせなくては。メッセージは、全方向に向けて発信しないといけない。実行してくれ！」

「了解だ、ファジー。ほかにはなにか？」

「気をそらすため、同時にパーランのようすをエルファード人たちに訊いてみてくれ。友になにかあったようだ！」

6

裁判所〝マハル・ハキ〟は、直径百メートルほどの鉢形構造体だった。やや上向きにそった屋根がある。さいころ形の入口は沼側の、グライダーがとまっている浮遊プラットフォームのすぐ近くにある。入口は可動シリンダーによって鉢状建物とつながっていた。

ロボットは、わたしをプラットフォームのはしにおろし、
「われわれは、あなたから目をはなしませんから」と、告げる。「さ、正義の場へ向かうのです！」

わたしはいわれたとおりにし、あれこれ考えた。どのような正義がここでわたしを待っているというのか。二週間半にわたり、わたしは独房に監禁されていた。だれからも情報を得られず、シェマティンもあれから二度と姿を見せない。まったくわからないことのせいで罰せられる、未熟な子供になったような気がする。

思わず、右手の指先で額をなでた。トシンの印が、かたく冷たく感じられる。とはい

え、圧迫感も痛みもない。それでも、これをとりのぞこうとすれば、あるいは、この印を額にのこしたまま、力の集合体エスタルトゥの宙域を去ろうとすれば、致命的となるだろう。どちらの場合も印が爆発し、わたしは死ぬのだ。

入口の前で、一瞬、立ちどまる。このドアの向こうで、なにがわたしを待ち受けているのか？　仲間もここに連れてこられたのか？　あるいは、このすべては実際にわたしだけに関わるものなのか、わたしが烙印を押された者、アウトローだからか？

入口が自動的に開いた。光点が目の前で実体化し、機械音声が告げる。

「トシン＝ブルですね。光るマークにしたがい、自分の席についてください。あなたの入廷とともに公判がはじまります！」

わたしは動きはじめた。トンネルのようなシリンダーを通り、進む。透明な壁ごしに、永遠に雨雲におおわれたエルファードの空を最後に一瞥し、正義の場に足を踏み入れた。

鉢状建物のなかは、ただひとつの部屋が占めていた。丸天井には、ダークブルーに輝くプロジェクションのかたちでアブサンタ＝シャド銀河がうつる。まだアブサンタ＝ゴムと重なる前の、かつての姿だ。その下に、エルファード人たちの知る世界が描かれていた。建物内の大部分で屋外の景色が人工的に再現され、浮遊プラットフォームさえ見える。その下には、ベンチと連なるテーブルからなる階上席が張りめぐらされ、鉢をぐるりとかこむ。数千名ぶんの傍聴席にあたるが、いまはからっぽだ。

鉢の底の中心に本来の法廷がある。テラの典型的な法廷のように弁護側と検察側に分かれてはいない。鎧姿のエルファード人が、ただいっしょに腰かけている。その数は十九名だ。そのあいだに、ひとつだけ空席がある。わたしの席だろう。

「こちらへ。これより開廷する」声が聞こえた。はっきりと記憶しているシェマティンの声ではない。ひょっとしたら、メグラマトか、ほかのだれかの声だろう。

わたしは、せまい通廊に沿って歩いた。すぐわきには、階上席と通廊の両側を隔てる垂直の壁がそびえる。わたしは、鉢の中心に進んだ。外骨格の者たちに近づくと、あいている木製椅子に腰かけるよう告げられる。わたしはふたたび、目をさまよわせた。マハル・ハキには、エルファード人の高度技術をしめすようなものはなにも見あたらない。

「われわれがここに集《つど》ったのは、メグラマトによる公訴提起について判決をくだすため」先ほどと同じ声が響いた。わたしの真正面にすわるエルファード人の声だ。「この公判には、十六名の陪審員が任命された。そのうち十名は法典忠誠隊、六名がアジムだ。これはエルファード人における実際の勢力バランスと合致し、それゆえ公平といえるだろう。わたしは裁判長のトゥルポル。首席検事メグラマトと同様、法典忠誠隊に属する。

一方、弁護士シェマティンはアジムだ。これは論理的である。アジムがきみを起訴することも、法典忠誠隊がきみを弁護することもけっしてないだろうから、トシン＝ブル」

「自分がトシンなのは知っている」トゥルポルがさらに話しつづけるつもりはないと確

信し、わたしは応じた。「だからといって、エルファード人に裁かれる理由はない！」

「きみのいうとおりだが、事実だけが理由ではない」裁判長が応じた。「付随することがらがあるのだ。それについてはメグラマトから話があるだろうと思う」

裁判長はふたたび、口を閉じた。わたしの右側のエルファード人が、片手を動かし、わたしをさししめす。このジェスチャーは、きわめて人間的に思えた。鎧姿が声を張りあげる。シェマティンだ。

「わが依頼人はこの惑星をよく知らず、ここのしきたりに慣れていない。それゆえ、かれが誤ったふるまいをしても、大目に見るべきだ。かれの言葉だけを判断基準としてもらいたい。わたしは可能なかぎり、被告が法廷の品位にふさわしくふるまうよう、気を配るつもりだ！」

「首席検事の発言の番だ！」トゥルポルが告げた。

メグラマトが、わざとらしく咳ばらいする。かれもまた立ちあがらず、書面の資料を持たない。記録装置も見あたらない。重要なのは、発言だけなのだ。

陪審員はそこから心証を得て、判定をくだすのだろう。判定は告げられ、記録装置に入力される。ただ、それだけのこと。

わたしはこれまで、この件すべてを冷静に見つめてきた。だが、これで決定的な判決がくだると思うと、不安が心を占める。

「このテラナーのフルネームは、レジナルド・ブル。自己責任のある自由人で、永遠の戦士の輜重隊には属していない。ヴィーロ宙航士数千名をひきい、力の集合体エスタルトゥにやってきた。タル・ケルという名のソトに、パーミットをあたえられたという。だが、パーミットにふさわしくない者と判明した結果、イジャルコルからトシンを宣告された。永遠の戦士によるこの決定は撤回できない。被告自身の暦法でほぼ百年間、アウトローとなる。かれはエスタルトゥにおいて、なんの権利も持たず、いつ、だれに殺されるかわからない。しかしながら、エルファード人は蛮人ではない。われわれは公明正大で、それゆえすべてを慎重に相互検討する。悪と善を、不当と公正を。トシン＝ブルはわれらが故郷惑星にいる。そのため、自動的にわれわれの司法の管轄下にある」

メグラマトは口をつぐんだ。どうやら、前置きが終わったようだ。こうべをめぐらせ、出席者を順ぐりに見つめる。

「数年前から、銀河系は力の集合体エスタルトゥと関係を築いてきた。ソト＝ティグ・イアンが銀河系にひとつの奇蹟を授けたのだ」検事はつづけた。「これにより、ブルもまた間接的にわれらが力の集合体の一員となった。ゆえに、罪はさらに重くなる」

「その罪とはなにか？」シェマティンがきびしい口調で訊いた。わたしは、注意深く耳をかたむける。自分がまるで第三者のようにふるまっているのに気づいた。エルファード人は歌うようにソタルク語を話し、発声器官がこれに音楽的独自性をあたえる。

「ブルは、パーミットを破棄したのだ。恒星〝おとめ座の門〟に向かって投げつけるこ

とで！」メグラマトが応じた。

「その件に関して、ブルはすでに罰せられた。イジャルコルによって！　エルファード

の法にもとづけば、一事不再理だ！」

「そのとおりだ」裁判長トゥルポルが応じた。「メグラマトも、それは承知しているは

ず。かれの話をさらに聞こうではないか！」

「エルファード人はだれも、それについてふたたびブルに釈明をもとめようとしないだ

ろう。当時の事件については、すでに判決がおりている。これは、そのあとの問題だ。

トシン＝ブルがエスタルトゥのいたる宙域を旅していることをわれわれは知っている。

かれは情報を集め、デソトとつながっている。ほかの反逆者組織にも協力しているらし

い。その意図は明らかだ！」

「それらすべての組織は活力ある自然なもので、恒久的葛藤の構成要素である。これは、

イジャルコルの言葉だ！」シェマティンが口をはさむ。わたしは徐々に、このエルファ

ード人に敬意をいだきはじめた。この男は、異人をなんらかの方法で弁護するだけでな

く、あらゆる非難を真剣に受けとめ、正しく返答し、正しく反撃するすべを知っている。

シェマティンが、エルファード人のスター弁護士と呼ばれるのも当然だ。

「その意図は明らかだ」首席検事がくりかえした。「トシン＝ブルは、エスタルトゥ領

域における煽動《せんどう》的勢力に対し、結晶核として貢献する大きな潜在的危険性を持つ。この男は銀河じゅうにひろがる、永遠の戦士に対する反乱の推進力となるだろう。力の集合体の構造が揺らぐかもしれない。カオスがすべての銀河とその惑星に降りかかるだろう。ここエルファードにも。かつて超越知性体が告知し、永遠の戦士が引き継いだ第三の道が、破壊されるかもしれない。これが、このヴィーロ宙航士に対して公訴提起した本当の理由だ!」

「発言させてくれ」わたしはいった。「いまの話についていけないのだが。パーミットを恒星に投げ捨てたことで、わたしはなにかをしでかし、そのかどでイジャルコルはわたしを罰したわけだ。だがいま、まだ現実化していない潜在的危険性のせいでわたしを裁くのは、ばかげている。そのようなことは、一般には私刑と呼ばれる不当なもの!」

〝私刑〟に相当する言葉はソタルク語にあるものの、エルファード人はこの概念そのものを知らない。わたしは、意図するところを説明しなおさなければならなかった。メグラマトが不明瞭な声をあげた。もしや、楽しんでいるのか?

「そのような自己弁護をするとは、まったくたいしたもの」検事が応じた。からだをこちらに向け、ヘルメットの格子ごしに、まっすぐわたしを見つめてくる。隙間の奥にはげしい炎がゆらめく。ときおり、ヘルメットに似た頭部のなかでグリーンの稲妻がはしった。

「きみは異人で、エルファードの裁判を知らない。まさに潜在的危険性こそが問題なのだ。きみは法典の危険な敵対者である。重要なのは潜在的危険性の実現を防ぐこと。それゆえ、公訴提起した。ここエルファードには、防止的・予防的裁判というものがある。エルファード人は永遠の戦士たちに、とりわけアヤンネーに借りがあるのだ。われわれは、戦士法典の原則にしたがい、恒久的葛藤に準じて生きる。この葛藤が阻害されるかもしれないと知れば、すぐに介入する！」

「永遠の戦士がわれわれの歴史においてはたした役割は、充分に解明されていない」シェマティンが告げた。「アヤンネーを引き合いに出さないでもらいたい。われわれアジムの見解では、恒久的葛藤に関与することは同胞種族にとって価値がない。それゆえ、われわれの裁判がそれを楯にとるのは疑問だ。アジムもまた潜在的危険性をしめす存在である。まず、全アジムに対する公訴をどのように提起するのか？」

トゥルポルが、なんとも説明しがたいジェスチャーをした。外骨格の格子をこぶしでたたいたのだ。まったく目先がきかないという意味か？

「その質問は理論上のものだ」裁判長が告げた。「アジムの潜在的危険性は一部の例外をのぞき、惑星エルファードにおいてのみおよぶため、恒久的葛藤にとってはすこしの危険にもならない。それに対し、ヴィールス船を持つトシンの潜在的危険性は機動性にあふれている！」

シェマティンがなにかいおうとしたが、わたしがそれをさえぎる。エルファード人の話に耳を澄ましていて、ふつふつと怒りが沸いてきたのだ。自分のなかで、反抗心が目ざめるのを感じた。

「きみたちは、事実を考慮するかわりに、議論ばかりしている」わたしは切りだした。「われわれのテラでは、それを、不確定事項について話すという。わたしが、アヤンネーの追っ手から逃げるほかになにをした？　それは罰せられるべきことなのか？　具体的に、わたしのなにについて非難している？　エルファード人の法典忠誠隊には耳がないのか？　なにが起きているか、まだわからないのか？　エレンディラ銀河の惑星ホロコーストでは文明が完全に破壊された。惑星は放射能によって汚染され、岩石リングにかこまれている。そこで一名のエルファード人がわれわれを攻撃してきたが、パーミットを見て自殺した。攻撃したことで罪を背負いこんだから。パーミットの存在を事前に知ることなどできなかったのに、それでも自殺したのだ」

「中断して悪いが、これは規則違反だ」メグラマトがいった。「とはいえ、きみは異人だから、大目に見よう。きみは、クルールの行動とわれわれの防止的裁判を比較するのか？　犯罪は犯罪で、その手のものは可能なかぎり防ぐのが重要だ。きみたちにわれわれのような自覚があれば、ホロコーストでエルファード人一名が死ぬことはなかっただろう！」

「そうかもしれないが」わたしは、口をはさんだ。「わたしがいいたいのは、もっとべつのことだ。クルールの死は、どのような状況下でも無意味なものだった。さらに、惑星クロレオンの状況を見て、わたしとヴィーロ宙航士はようやく、戦士カルマーがみずからの銀河でおかした罪の重さにはっきり気づいた。全種族が滅ぼされ、種族グループがたがいに戦わされる。これが恒久的葛藤の哲学であるならば、それは破滅の哲学だ。きみたちは、それを認めるつもりか？　あるいは、セポル星系でなにがあった？　惑星ナガトは奇蹟を授けられたが、惑星住民は破滅におとしいれられた。シオム・ソム銀河の〝紋章の門〟について、あるいは、ヴィーロ宙航士が身をもって体験したほかの奇蹟について、ここで話すべきか？　われわれ、そのすべてを仲間の喪失で支払ったのではなかったか？　ロワ・ダントンとロナルド・テケナー、そのふたりの妻たちは、死んだにちがいない！　ただ災難をもたらすだけが、恒久的葛藤の意義なのか？　エスタルトゥとやらは、実際にエスタルトゥの遺産をちゃんと管理しているのか？　永遠の戦士ここにもういないことは、力の集合体にいるどのヴィーロ宙航士もすでに知っている。エスタルトゥは、はるか昔にこの力の集合体を去った。その遺産はどうなったのか！　戦士は第三の道の原理をゆがめ、相互殲滅《せんめつ》の教えをつくりだした。なぜだ？」

「きみがそのすべてを批判できるわけではない。あの時点までエスタルトゥの奇蹟をひとつも知らなかった銀河出身なのだから」トゥルポルはそう答え、これにより、わたしの言葉をどうとらえたかをはっきりとしめした。裁判長は、これを下手《へた》な自己弁護の試みと思ったようだ。

「ブルの話ばかりでなく、ヴォルカイルの話をしようではないか」シェマティンが口をはさむ。「ヴォルカイルは、われわれのだれもが信頼をよせる相手だ。かれの経験はすべてをうわまわる。われわれの正義感をも。その言葉は影響力を持つ。そして、ヴォルカイルがわれわれに告げた内容の多くが、トシン＝ブルの話と一致するわけだ！」

「ヴォルカイルは真実を知っている！」陪審員数名が口々にいった。「ヴォルカイルなら、われわれよりも適切にこの件を判断できるだろう。だが、ここにいない。われわれ、みずから判定をくださなければならないということ！」

出入口が騒がしい。さらなるエルファード人一名が、マハル・ハキに足を踏み入れ、

「捕虜のひとりが逃亡した」と、告げた。

「知っているとも」トゥルポルが応じた。「わたし自身がその逃亡者に強いられ、ヴィールス船部隊に向かって飛んだのだ」

「その者はヴォルカイル宛に通信メッセージを送ったが、応答はなかった」

そう告げると、エルファード人は出ていき、裁判長がわたしを振り向いた。

「脱出に成功したそのヴィーロ宙航士はスラッチという。さらに、きみの同行者のもうひとりにも問題が生じた。もっとも、それについて具体的な報告はまだあがっていないが！」

わたしは内心、いくらかほっとした。こういうちょっとした騒ぎは、われわれにとり、ひたすら好都合だろう。おまけに、ファジーはヴォルカイルに連絡したわけだ。あのエルファード人が近くにいて、メッセージがとどくといいのだが。とはいえ、その可能性は低い。

「話はもう充分だ」メグラマトが声を張りあげた。「いまや、トシン＝ブルが永遠の戦士にとり断固たる敵対者であるのは明らかというもの。災《わざわ》いとなる潜在的危険性は、わたしがもともと推測していたよりもさらに高い。ブルは、永遠の戦士と恒久的葛藤にとり危険なだけでなく、力の集合体全体にとって危険な存在というわけだ！」

「弁護人は、まだなにかいうべきことがあるか？」

「いや」シェマティンが裁判長の問いに応じた。「さらなる言葉はいずれもよぶんだろう。それでもわたしは、陪審員に訴える。被告人は、非難されうるようなことをなにひとつしていない。それを忘れないでもらいたい」

「ならば、評決にうつろう。陪審員、判定を公表してもらいたい」トゥルポルが告げた。

次々と、判定を表明していく。結果は惨憺《さんたん》たるものだった。法典忠誠隊十名の意見が割れることはない。アジムも同様だが、多数決の結果はいうまでもない。

「これで、判決が確定した」トゥルポルが告げた。「トシン＝ブルを死刑に処す。きょうじゅうに、注射を受けるのだ！」

わたしは、いいわたされた判決に激昂しながらも、どこかうわの空だった。どうしても理解できない。どうすれば、知性体がこれほどかたくなになりうるものか。わたしはエルファード人の、このおろか者たちの力になろうとしたのに。それについて、もうむだに考えることはしない。アームバンド・テレカムのかすかな音に、わたしのあらゆる注意が注がれた。呼び出し音を操作すると、右耳にファジーの声が響く。

「パーランが死にました」副官は告げた。「やつら、友を独房で餓死させたのです。通信を傍受し、そう確信しました！」

ファジーはそれだけ告げると黙りこみ、わたしはスイッチを切った。

「きみたちは人殺しだ！」わたしは叫び、いま知ったばかりの事実を告げた。「だれかが死ななければならないとすれば、それはこれに対して責任のある者だ！」

トゥルポルとメグラマトが跳びあがった。二名はシェマティンをなだめすかしたが、弁護士は聞く耳を持たない。

「人殺し！」シェマティンがくりかえした。「エルファード人の倒錯をはっきりわからせるために、トシンがやってこなければならないほど、われわれは落ちぶれたのか！」

「そういうことだ！」出入口から声がした。一名のエルファード人が入ってくる。その姿を見て、陪審員たちもまた立ちあがった。シェマティンが隣りで深く息をつくのが、聞こえたような気がする。

「奇蹟が起きた!」弁護士が口笛のような声をあげた。「きみがきてくれるとは。もどってきたのだな!」

「ヴォルカイル!」トゥルポルが大声をあげ、一揖《いちゆう》する。

ヴォルカイルは、こちらに近づいてきた。その無骨な手でわが手をとり、一瞬、かたく握ると、

「わたしはこの故郷惑星に向かうところだった」と、告げた。「それで通信メッセージを受信できたのだ。急いで駆けつけてよかった。どうやら、まにあったようだな!」

ヴォルカイルは、わたしを解放すると、急に振り向き、

「どうして、きみたちはこのような、だいそれたことをしでかしたのか?」と、声をとどろかせる。「同胞種族自身が法典の価値について内部分裂しているかぎり、法典の意向に沿って判決をくだす権利など、きみたちにはまったくない。この判決は無効だ。これをいいわたした者たちは種族を代表するにふさわしくない。われわれエルファード人種族は探求者であり、ほかの生物の問題に干渉するのを嫌う。トシンとその潜在的危険性が、われわれになんの関係があるのか? それを気にかけるべきなのは、この問題に直面する者たちだろう。ブリーの件に関していえば、トシンを宣告したイジャルコルと、かれの故郷銀河を管理するソト＝ティグ・イアンだ!」

ヴォルカイルは頭をそびやかし、同胞たちの目の前に立った。陪審員があとずさりす

る。トゥルポルとメグラマトは、自分たちが立つすぐうしろの席をあけた。

「そのとおりだ、ヴォルカイル」裁判長がわずかに沈黙したあと、応じた。「われわれにその権利はない。どうすればいい?」

「ヴィールス船から見張りを撤退させ、拘束フィールドを解除するのだ。ブルとその同行者を解放しろ。そして、口がきけなかったゆえに、きみたちが独房で餓死させてしまったテラナーに対して、どう償うことができるか、将来のために考えるといい!」

陪審員が動きだし、出入口に向かった。シェマティンとトゥルポルが、あとにつづく。

メグラマトだけが、まだヴォルカイルのそばにのこっていた。

「きみはふたたび、われわれの目を開かせてくれた」首席検事がいった。「わたしの公訴提起は正当だと思ったが、行きすぎだったようだ。われらが種族は、大罪を背負いこんでしまった!」

そう告げると、メグラマトも出ていった。こうして、マハル・ハキにのこるのは、わたしとヴォルカイルの二名だけになる。

「感謝する」わたしはいった。「きみは、わが命を救ってくれた」

「ただの偶然さ」エルファード人が応じた。「あなたとイルミナ・コチストワが惑星マルダカアンでわたしのためにしてくれたことにくらべたら、なんでもない! ただ、どうかわが種族を恨まないでもらいたい。エルファード人はいま、答えを探しているのだ。

そしてわたしは、同胞がいつの日か決定をくだすと確信している。そうなれば、種族の魂の分裂は終わるだろう。手を貸してもらえるか？」

「もちろんだ、ヴォルカイル。わたしの援助をあてにしてもらってかまわない。とはいえ、ヴィーロ宙航士たちにパーランの死を知らせるのは忍びない。あれは不幸な事故だった。あの友を失って、どれほどわたしが心を痛めていることか！」

「わかるとも、ブリー。さ、いっしょに外に出よう！」

7 惑星サバル

恒星ムールガの光が首都ハゴンの建物のはざまで、地面にのこる優しげな雨粒に反射して輝く。空気は澄み、すがすがしい。ペリー・ローダンは歩いて通りに出ると、目当ての単座グライダーを探した。通りの向こう側に無人の機体を見つけ、近づいていく。一日の滑りだしは上々だ。ムールガは純白のダイヤモンドのごとく空高くきらめき、清浄な空気が、最近のあらゆる出来ごとも危険も忘れさせてくれる。

ローダンは、エイレーネに思いを馳せた。娘は〝丸太〟によって引きおこされたプシオン・ネットの歪曲により、惑星ソム＝ウサドに漂着したもの。そこでソム＝ウサド人に拘束され、その指導者であるフィロアドに高値で売りとばされた。その後、惑星パイリアの法典守護者ドクレドに拘束される。ローダンは地下組織ハジャシ・アマニの助けにより、娘の救出に成功したものの、惑星トペラズでふたりとも、ふたたびソム人に捕まり、惑星ソムに連れていかれそうになった。カルタン人とおぼしきネコ型生物の手を借り、ようやく自由の身となる。その後、イホ・トロトがネット船《ハルタ》で迎えにきて、トペラズから最終的に救出された。そしてとうとう、サバルにもどってきたいま、かれの気がかりは〝丸太〟のことだった。

グライダーに乗りこみ、サバル地上のもよりの情報ノードに向かう。最新情報を呼びだし、自分に宛てたブリーのメッセージを見つけた。すでに数日前に送られたものだったが、ローダンはこのときまで情報を呼びだす機会がまったくなかったのだ。

すぐにゲシールと連絡をとり、友から知らされたことを伝えた。

「ただちに出発し、惑星ボンファイアに向かう」と、ローダン。

「ひとりで行くつもりなの？　それは危険だわ。わたしの知るかぎり、個体ジャンプではボンファイアに到達できないのよ、ペリー！」

「その近くに位置する惑星にジャンプし、そこから従来の手段で向かうつもりだ」かれは応じた。「まもなく家にもどるよ。これから、すこし荷づくりする！」

一瞬、ゲシールの微笑がスクリーンにのこり、まもなく消えた。ローダンは踵を返し、機体にもどった。

ブリーの通信メッセージと友の推測が、頭にこびりついてはなれない。でぶは、ラオ＝シンと呼ぶ相手のことを、カルタン人だと思っているようだ。ローダンはふたたび、トペラズで出会ったシアコンのことを考えずにはいられなかった。あのネコ型生物は、まさにそのラオ＝シン種族だと主張したもの。

ローダンは自問した。それにどんな意味があるのか。力の集合体エスタルトゥに出没しているのは、実際に、三角座銀河からやってきたカルタン人なのか？ 突きとめなくては。そうかたく決心した。

8　惑星ボンファイア

われわれは、惑星エルファードを去った。あの奇妙な種族は何度もわれわれに謝罪し、別れを告げたもの。パーランの遺体はエルファードで葬った。ヴォルカイルが、友にふさわしい霊廟を用意してくれるという。それは同時に慰霊碑となるだろう。

時間が迫っている。《エクスプローラー》部隊はプシオン・ラインにうまく入りこみ、既知の現象と効果にともなわれながら、宇宙空間を疾駆した。そして、通常空間にもどったさい、ゴールに到達したとヴィーが知らせてきた。わたしはいま、惑星ボンファイアの大気圏の厚い雲層を、半光秒はなれたところから見おろしている。

きょうは十二月のはじめ。十五年前、はじめてこの惑星を訪れたときのことを、わたしは思いだした。いま、もどってきたのだ。

ホテル〝七つの目〟では、まだわたしのことをおぼえているだろうか？

あとがきにかえて

林　啓子

　二〇二一年八月九日。東京オリンピック閉会式の翌日、専属通訳として三週間同行したIOC元副会長を羽田空港から無事に送りだした。

　彼女とは長野オリンピック以来、二十三年ぶりの再会だった。コロナ禍の逆風にさらされ、開催を疑問視された今大会。私自身も直前まで悩みに悩んだすえ、間接的であれ選手の力になりたいと思い、参加を決意した。再会初日は、きっとたくさんの思いが溢れて号泣するかと思いきや、まったく変わらないその姿と声に驚くあまり、涙もたちまちひっこんだ。さすが、元オリンピアン。七十四歳とはとうてい思えない。まるで、長野のつづきのような不思議な感覚だった。現在は、IOC委員と各国オリンピック委員会連合の事務総長を兼務するかたなので、怒濤の日々だったが、あのハード・スケジュールの中、つねに笑顔で周囲に対する気配りを忘れない。言葉で表現できないほどの人格者で、そばに控えているだけで毎日学ぶことばかり。一流とは、こういうことなのだ。

オリンピック後はすぐに会社の通常業務にもどるはずだったが、急遽、世界アーチェリー連盟会長付き通訳としてパラリンピックに同行することになった。未知の世界だ。

アーチェリーは、パラリンピックの起源といわれる競技。そのため、もっとも滞在日数の長い、もっとも多忙な会長付きとなり、早朝から深夜までフルアテンドのハードな毎日だったが、生涯忘れがたい貴重な経験となった。会長をはじめ、競技運営委員会みなさんの選手に対する配慮のすばらしさはいうまでもない。身近で接したアスリートの勇姿に感銘を受け、大いに励まされた。人間の可能性というものは、本当に無限だ。

オリパラで出会った誰もが選手のことを第一に考え、それぞれの場所で自分のすべきことに全力を尽くしていた。コロナ禍におけるプレイブックによる厳しい規制。すべてが、なによりもまず選手を守るためだとわかる。頻繁なPCR検査しかり。誰もが相当のストレスを抱えていたはずだが、一流のリーダーたちのみごとな機転と思いやりに溢れた言動により、周囲はつねに明るい雰囲気に包まれていた。

こうして、あっというまの夏が過ぎていった。閉会式の翌日、会長を羽田空港までお見送りしたのち、すぐに通常の会社勤務に復帰。オリパラ・ロスになる余裕など微塵もないくらい、プライヴェートにおいてもやるべきことが山積していた。

選手のみなさん、大会関係者のみなさん、たくさんの勇気と夢と希望をありがとう。

訳者略歴　獨協大学外国語学部ドイツ語学科卒，外資系メーカー勤務，通訳・翻訳家　訳書『エルファード人の野望』エーヴェルス＆マール，『異銀河のストーカー』ヴルチェク（以上早川書房刊）他多数

HM=Hayakawa Mystery
SF=Science Fiction
JA=Japanese Author
NV=Novel
NF=Nonfiction
FT=Fantasy

宇宙英雄ローダン・シリーズ〈652〉

被告人《ひこくにん》ブル

〈SF2343〉

二〇二一年十一月十日　印刷
二〇二一年十一月十五日　発行
（定価はカバーに表示してあります）

著者　ペーター・グリーゼ　アルント・エルマー
訳者　林《はやし》啓《けい》子《こ》
発行者　早川浩
発行所　株式会社早川書房

郵便番号　一〇一 - 〇〇四六
東京都千代田区神田多町二ノ二
電話　〇三 - 三二五二 - 三一一一
振替　〇〇一六〇 - 三 - 四七七九九
https://www.hayakawa-online.co.jp

乱丁・落丁本は小社制作部宛お送り下さい。
送料小社負担にてお取りかえいたします。

印刷・信毎書籍印刷株式会社　製本・株式会社川島製本所
Printed and bound in Japan
ISBN978-4-15-012343-7 C0197